桑给巴尔或最后一个理由

SANSIBAR
ODER DER LETZTE GRUND

Alfred Andersch

〔德〕 阿尔弗雷德·安德施 著

姚月 译

外语教学与研究出版社
北京

京权图字：01-2017-5102

First published in 1957
Copyright©1970 by Diogenes Verlag AG Zürich
All rights reserved

图书在版编目（CIP）数据

桑给巴尔或最后一个理由 ／（德）阿尔弗雷德·安德施著；
姚月译. —— 北京：外语教学与研究出版社，2017.8
ISBN 978—7—5135—9451—6

Ⅰ．①桑… Ⅱ．①阿… ②姚… Ⅲ．①长篇小说－德国－现代
Ⅳ．①I516.45

中国版本图书馆 CIP 数据核字（2017）第 216763 号

出 版 人　蔡剑峰
项目策划　张　颖
责任编辑　孙嘉琪
执行编辑　郑树敏
装帧设计　柴昊洲
出版发行　外语教学与研究出版社
社　　址　北京市西三环北路 19 号（100089）
网　　址　http://www.fltrp.com
印　　刷　北京联兴盛业印刷股份有限公司
开　　本　787×1092　1/32
印　　张　7.25
版　　次　2017 年 11 月第 1 版 2017 年 11 月第 1 次印刷
书　　号　ISBN 978-7-5135-9451-6
定　　价　42.00 元

购书咨询：（010）88819926　电子邮箱：club@fltrp.com
外研书店：https://waiyants.tmall.com
凡印刷、装订质量问题，请联系我社印制部
联系电话：（010）61207896　电子邮箱：zhijian@fltrp.com
凡侵权、盗版书籍线索，请联系我社法律事务部
举报电话：（010）88817519　电子邮箱：banquan@fltrp.com
法律顾问：立方律师事务所　刘旭东律师
　　　　　中咨律师事务所　殷　斌律师
物料号：294510001

死亡也并非是所向披靡，

久卧在大海的迂曲漩涡之下，

他们不会像卷曲的风儿一样死去；

当筋骨松弛在刑架上挣扎，

虽受缚于车轮，却一定不会屈服；

他们手中的信仰会被折断，

独角兽似的邪恶刺穿他们的身躯；

纵然粉身碎骨，他们一定不会屈服，

死亡也并非是所向披靡。

狄兰·托马斯[1]

1 狄兰·托马斯（1914—1953），威尔士诗人、作家，引诗出自其诗集《死亡与出场》。—译者注

少年

　　密西西比河才是对的，少年想，人可以在密西西比河上偷一艘独木舟，划船出去，如果真的像《哈克贝利·芬历险记》那本书中描述的那样。而在波罗的海，独木舟却不能把你带去远方，更何况在波罗的海你也找不到一条快速灵巧的独木舟，而只有那又旧又笨重的手摇船。他从书上抬头远望，特雷讷河桥下的水静静地缓缓流淌。一棵柳树，他坐在树下，柳条垂挂到了水中，而对面的那家老皮革厂却总是无声无息。密西西比河一定是比这被废弃的皮革厂的仓库和缓缓流淌着的河上面的柳树更有趣。在密西西比河，你一定可以消失，而在皮革厂的仓库和柳树下，你最多也只能躲藏起来。在柳树下躲藏，也只能是当它还有叶子的时候，而它已经开始一堆堆地落叶子了，还把褐色的水变成了黄色。躲藏并不是一件正确的事，少年想——人应该能消失。

人应该能消失，但你也必须要有一个什么地方可以去。你不能像父亲那样做，他光想着要消失，但却总是在辽阔的海上漫无目的地行驶。而如果你除了大海，没有其他目标，那么你总是还要回来的。真正的消失，少年想，只有当你真正到达了在辽阔大海后面的陆地之后。

格雷戈尔

这完全是可能的，格雷戈尔想，前提当然是如果你没有受到威胁，那么你会将一排排挺立的松树当作帷幕。就像是这样：将浅色的树干作为旗杆，在灰色天空下无声飘动着的黯绿色的旗帜，直到从远处望去，它们筑起一面酒瓶绿色的墙。几乎是黑色的、落满澳洲坚果的路可以被视为两幅幕布的接缝。如果你沿着这条路骑自行车，你就可以拉开帷幕。几分钟后，帷幕会自己打开，并将奉献给你一幅美景：城市和海岸。

但是如果你正受到威胁，格雷戈尔想，一切就都是雷同的。这些东西完全都只享有它们自己的名称而已，没有任何超出其名称的意义。

因此，只有一个事实：松林、自行车、街道。如果走过了森林，你将会看见城市和海岸——没有表演的舞台，而是威胁的现场，将一切速冻成为无法改变的现实。一栋房子还是一栋房子，一个巨浪还是一个巨浪，不多也不少。

只有到了威胁地带的那一边，离海岸七英里，到一艘驶向瑞典的船上——假如还会有开往瑞典的船的话——，那么海，比如说这大海，才又能与鸟的翅膀相比，或与从冰冻的深蓝飞出的巨大翅膀相比，它们在晚秋飞越斯堪的纳维亚半岛。至此，海只是海，一堆运动着的物体，人必须检验它是否适合承担逃亡。

不，格雷戈尔想，我是否能逃脱并不取决于海洋。大海能承担。这取决于水手和船长，取决于瑞典或丹麦的海员，取决于他们的勇气或他们的贪财，还有，如果没有瑞典或丹麦的海员，那么将取决于雷里克的同志们，取决于同志们及他们的渔船，取决于他们的洞察力和想法，甚至取决于他们的洞察力所窥见的一次历险和他们的想法所能够实施的一次简单的、扬帆的行动。格雷戈尔想，如果这件事只是取决于海，而不是人，那倒简单了。

少年

往内地去也达不到目的，少年想，他坐在河畔的柳树下。哈克贝利·芬当时是有选择的，他可以去大森林以捕猎为生，或消失在密西西比河，他选择了密西西比河。但是，他同样可以去森林里。这儿却连一片可以让人消失的森林都没有，这儿只有城市、乡村、田野、牧场和一小片树林，即使你已经走出去很远、很远。其实这一切都是扯淡，少年想，我已经不是小孩子了，复活节时我已经小学毕业了，而且，我已经不再相信狂野的西部故事。不过，哈克贝利·芬并不是狂野的西部故事，而人们总是千方百计想要学他的样。人必须出去。

有三个理由可以说明为什么人必须从雷里克走出去。第一个理由是：因为在雷里克，什么事都不会发生。事实上这儿根本不会发生什么事。我一定不会遇到什么事，少年想。他看着秋天黄色的柳树叶在特雷讷河上缓缓地漂离。

赫兰德

　　克努岑会帮助我，赫兰德神父想，克努岑不是那样的人。他不抱怨。对付共同的敌人他一定会帮忙。

　　外面没有传来回声。世上没有比深秋的格奥根教堂广场更空旷的地方了。赫兰德向着空地用心地默默祈祷了片刻。向着三棵光秃秃的椴树，它们生长在耳堂和东面祭坛的那个角落，向着沉默的暗红色砖瓦墙，这墙的高度从他的工作室的窗口望出去，无法测量：格奥尔根教堂的南侧耳堂。广场地面的颜色比教堂砖头的深红褐色略浅一些，也略浅于神父寓所和紧挨着的低矮房子的色彩，那些用烧砖砌成的老房子，那些有小台阶式的外墙和釉彩空心砖屋顶的房子。

　　从来没有人走在这个广场上，赫兰德想，目光落在扫得干干净净的石砖路上。从来没有。这是一个荒诞的想法。自然，人们也会经过教堂广场的这个死角，神父寓所在那里。外地人，当他们夏天来海水泳池度假时，会走过这儿去观赏教堂。他的教会的会员。教堂司事。赫兰德神父自己。尽管如此，赫兰德想，这个地方仍然是绝对寂静的。

一个像教堂一样死寂的广场，神父想。所以，只有克努岑能帮忙。

他朝上看去：耳堂的墙。三万块砖组成赤裸的望不见远景的板，二维的，褐红色、石板的红色、黄的红、蓝的红，还有深的磷光红，垂落在赫兰德的窗前，没有纵深，他几十年来面对的一块板，这块板，它的上面没有出现过《圣经》，他期待的《圣经》，他只好用自己的手写上《圣经》，而写上的字不断被擦去，又写上新的字和画上新的图案。广场的石砖等待着脚步，而它们一直没有响；砖瓦墙等待着文字，而它们一直没有出现。

赫兰德神父把责任推给深色砖块，房子和教堂的深色砖瓦是不公正的。他的祖先是随着骑士国王从另外一个国家来到这儿的，那里的人们用木头建造房屋，并给它们粉上五颜六色。在那个国家，脚步声是轻快的，当人们踩在神父木结构的寓所前的石子路上时，而且，寓所横梁上还刻着正义与和平的忠告。他的祖先是快乐的梦想家，他们被鼓动而迁徙到了这个国家，到了这个思想如此黑暗和疯狂的国家，黑暗如同教堂的石墙，而他们正在墙内传播正确的音。这正确的音没有被听见，相比他们从快乐的国家带来的微弱的光，黑暗仍然强大地存在。

是黑暗的思想和巨大的砖瓦教堂的错误，使他现在不得不去求助于克努岑，神父想。他的脸变得更加严肃、红润、热情。当他走向办公桌，从抽屉中取出寓所的钥匙，这时他的假肢嘎吱嘎吱响。他还感觉到他的残腿在隐隐作痛。最近，如果他走得太快，这种痛就会时常出现。这种疼痛是针刺般的：它穿透他。神父停下来，握紧了拳头。突然，当这种刺痛渐渐消退时，他觉得他身后那教堂的墙壁上仿佛出现了他期待已久的《圣经》。他小心翼翼地转过身，但墙上空白如常。

少年

虽然他躲在柳树枝形成的幕布后面，但他能看到圣格奥根的塔，能看到时间。两点半。半小时后我必须到渔船上去，因为克努岑想五点钟启航，他想，而后又将开始无聊地钓鱼，驾着船在浅水湾和岸边转来转去，单调的拉网工作，两三天时间，与脾气暴躁的渔夫一起干活。克努岑从来不像父亲那样到大海上去，虽然父亲的渔船并不比克努岑的大，但父亲也因此死在了海上。也就是由于这个原因，我必须出去，少年想，因为我听见他们怎样说的，在我父亲死的时候，他又一次喝得酩酊大醉。哈克·芬，他的父亲是个酒鬼，所以哈克·芬也必须逃出去，但我必须要消失，因为我的父亲不是酒鬼，而只是他们这样说他，因为他们嫉妒他，因为他常常驶向大海。他们甚至没有在教堂为他立一块碑，写上他的名字和"穿着靴子死去"的字样以及生卒日期，就像他们为所有留在海上的人都做的那样。我恨所有的人，这就是第二个我一定要从雷里克消失的理由。

克努岑

克努岑有怨气。为了使自己平静下来，他开始玩一种叫"耐心"的扑克牌接龙游戏。前天，罗斯托克市的布雷格福特来找过他，并安排一位党的指导员今天下午来这儿。克努岑告诉布雷格福特：党关我屁事。党应该开枪，而不是现在派一名指导员来。但新的五人小组体系，布雷格福特说，很有意思，你会看到的。多此一举，克努岑答，在雷里克只有一个一人小组，那个人就是我自己。布雷格福特：其他人呢？克努岑：胆小。布雷格福特：那你呢？克努岑：没兴趣。更何况我还要去捕鳕鱼。布雷格福特说了些有关恐怖的增加而导致的震撼效果，以及这些都会渐渐过去的话。当他把克努岑和指导员之间的见面时间确定下之后，他被赶了出去。

在克努岑放扑克牌的时候，他思考着。是布雷格福特或党使他陷入了一个困难的境地。其他的船都在前天出海了。如果"宝丽娜"还一直停靠在港口，克努岑会被怀疑。少年也早已待不住了。更不用说会失去许多好处。美丽的鳕鱼。克努岑心里痒痒的，想要去捕鳕鱼。"耐心"接龙游戏打通关了，他扔下了手里的牌。

他走到房子后面的小花园，一个有着已经变成暗绿色的常青树的微小空间，那里还有几朵白色紫菀在闪烁。花园的尽头有一个兔子窝；克努岑听见动物的响动。尽管天冷，贝尔塔还是坐在长椅上织着毛线。你去拿件外套，克努岑说，如果你一定想要坐在外面的话。她高兴地笑着走进屋子，几秒钟后又回来，穿上了大衣。克努岑看着她如何又坐回到长椅上。她笑眯眯的。克努岑望着她的金发，她是一个温柔、漂亮、还貌似年轻的四十岁的金发女人。我一定要给你讲一个笑话，她说。她有点担心地抬头看着他，问：你在听吗？是的，我在听，克努岑说，但他同时在想布雷格福特和党的任务。在马赫诺夫，贝尔塔讲，有一个男人看见一群疯子冬天从跳板上跳入游泳池。他对他们说：这里根本没有水。他们一边揉着身上的淤青，一边喊着答：我们为夏季做准备。为什么她恰好选了这个惨痛的笑话，克努岑想，这时贝尔塔正期待地望着他。他笑着说：是的，是的，贝尔塔，一个有趣的笑话。如果没有我照顾，他想，他们也会把你带到那群疯子那里去，尽管你并不是疯子。她只是有那么一点点小错乱，他思考着。那还是在几年前，她开始讲这个疯子跳进空游泳池的笑话。不然她还是善良温柔的好女人。他一直没有弄清楚她是从什么时候，从谁那里听来这个极其残忍的笑话的。她到处给人讲这个笑话，但因为她把这个笑话讲了好几年，所以一段时间之后，这个城市里的人已经不再谈论贝尔塔·克努岑了。但是，一年前那些人中的一个跑来对克努岑说：你的妻子有精神病，我们必须把她送进疯人院。在费雷金医生的帮助下，克努岑阻止了他们带走他的妻子。他知道他们会用什么手段来给精神病人看病，在他们进了疯人院之后。他是依赖贝尔塔的。当他和他的渔船在海上时，他总是怕回来后找不到贝尔塔。另外，他的感觉是，他们要通过把贝尔塔送进疯人院来胁迫他。他们希望他保持平静。他们需要用可怜的贝尔塔作为对付党的武器。

　　帮我准备好路上吃的东西，他说，过会儿我就要开船了，他转身回到屋里去的时候看见她善良的笑，在她漂亮的、还很年轻的脸上的那永恒的、令人难过的笑。他坐在火炉旁的长凳上，点燃烟斗。

他现在必须马上决定，是否应该遵守与指导员见面的约定。已经是下午三点了，他还有一个小时的时间。船已经做好出海的准备，少年也会在三点到船上报到，这样，下午四点他们将可能已经接近很远的洛神岛了。

这其实不是一个钟头的问题。克努岑认真思考着。与指导员见面意味着把自己纠缠进去。其他人比他更早地明白了这事：他们已经逃脱。埃利亚斯当他的面明确地说：你听好了，我们不再谈论党的事。发生的事情是很奇怪的：两年的非法准备工作，然后两年团结一致，此后的不景气。现在，1937年，已经没有什么人感到担惊受怕的时候，那些人却一下子又来将螺丝拧紧。听说在罗斯托克、维斯马、布斯豪普敦以及沿海地区有逮捕行动。当木材开始腐朽时，他们摧毁了它。他们在准备战争，克努岑曾经对埃利亚斯说。埃利亚斯不理会他了。同志们还与克努岑说话，但不再谈论政治。

而另一方面，这也是有好处的，因为那些人不可能了解到谁领导着这个党。他们只知道有克努岑、马蒂森、约翰森、埃利亚斯、克罗格、邦森和其他几个人。在诸如雷里克这样一个小城市，逮捕所有的人是不可能的。那些人只是想要确认，没有人再谈论党。如果不再谈论党了，也就意味着这个党不存在了。

他们当然知道，还有一个，至少还有那么一个人继续领导着党。克努岑确信，他们会想到这一点。因此，如果"宝丽娜"还靠在岸边，对他来说就是危险，因为其他所有的捕鱼船都已经出海。另外，假如他不与指导员见面，那么他也不会有危险。根据党的规定，指导员与克努岑互相不认识。要是克努岑不去赴那个约会，指导员的等待就是徒劳的。这样克努岑就出局了。如果中央委员会的新指令到不了雷里克，那么雷里克就不再有党的存在。这就是说，对克努岑和任何其他人，这儿只有鳕鱼和鲱鱼。当然还有贝尔塔。

但如果他去，那么他会把自己卷入到党的措施中去，克努岑想。他可以不去约会，然后也不执行党的指示。如果他想这样做，那他就没有必要去见面。现在我就是一条鱼，克努岑想，钓鱼竿前的一条鱼。我可以咬，也可以放弃。鱼能自己做出决定吗，他自问。当然不能，他用他的渔民迷信想着。也用他一贯的鄙视鱼的态度：鱼是愚蠢的。但我用我的一生咬着这个诱饵，他惊讶。鱼钩总是刺痛他。但鱼钩总是把我甩到空中，人们甚至可以在空中听见鱼的哭喊声。我是该死的，克努岑很愤怒地想，如果我是一条哑巴鱼的话。

少年

也许父亲真的是个酒鬼，少年思考着。他死的那年我五岁，我根本不记得他了，所以我也无法验证人们说的话。他们也早就把他忘了，只有当他们看到我时，他们也许才会想：啊，这就是那个辛里奇·马尔曼的儿子，那个酒鬼。也许父亲真的是一个酒鬼，但他不会故意把船开到大海上，因为他喝多了。少年已经很长一段时间不读书了；他觉得似乎喝酒和父亲在海上的死有密切关系，但是肯定不是人们猜疑的那样。是不是与他们一直声称的正好相反呢，他问自己。父亲喝酒，是不是因为阴森恐怖的海在呼唤他呢，还是为了忘却他在外面见到的——黑夜和大海的幽灵，抑或是为了灌下他在外面遇到的事——预感，他将在茫茫大海中死去，独自一人，酩酊大醉，在很远、很深的海死去呢？

尤迪特

　　她坐在"维斯马徽章"旅馆一个陌生房间的床上，正在她的手提包里翻找着。皮箱放在门口，没有动，还是刚才旅馆侍从放下的，尤迪特没有脱下风雨大衣，因为她还想马上出去。她只是要在手提包中找牙膏和肥皂，想把它们放到洗手池上面的玻璃搁板上。然后，她向窗外望去：一个空心瓦片的房顶，在北方、明亮、彻底空寂的秋天的天空下——尤迪特打了个冷战缩紧身体：这一切与她无关。我应该要一间向着前院的房间的，她想，那样我至少可以看见港口，也可以看看那里是否有能带我走的外国船。要是我能对船有更多的了解就好了，她想，我担心，我恐怕根本不知道丹麦或瑞典与德国轮船的区别。事实上，在她今天从吕贝克乘中午的火车来到这儿之后跨进"维斯马徽章"之前，她根本没看到有轮船停靠在码头。只有几艘渔船和一条旧的、生锈的双桅纵帆船，显然它也已经有好几年没有被使用了。

她第一次开始思考妈妈的建议，试着从雷里克逃出去，是否正确。特拉弗明德、基尔、弗伦斯堡、罗斯托克——都已经被监视，妈妈当时说，你应该去雷里克试试，这是一个死了的小地方，没有人会想到的。只有瑞典的小木船在那里装卸。你只需要给他们钱，很多很多钱，然后他们会毫不犹豫地带上你。——妈妈对雷里克总是怀有一种小小的、多愁善感的偏爱，自从二十年前她和爸爸看见了这个城市之后，那是他们去吕根岛度过幸福的夏天后回家的路上经过的城市，但一个在雷里克度过的幸福的日子，一定与在一个空寂的深秋天空下逃亡到雷里克的日子截然不同。

你必须做出决定，孩子，妈妈昨天还说过。尤迪特望着洗手池和箱子，又回想起她在牵道街的房子的一楼客厅，想起与妈妈的最后那顿早餐，想起花园的景色，那里有晚秋的大丽菊在丝绸般青橄榄色的运河前闪烁，想起她当啷一声放下杯子大叫，她永远、永远不会把妈妈独自留下。

你想等到他们来抓你吗，妈妈问，你愿意让我承受这个吗？

那么我应该离开，并且知道你会被抓，然后想象他们怎样对你吗？

唉，他们不会对我怎样，妈妈说，目光并没有落到她瘫痪的双腿上。我会给他们造成太多的麻烦。还有，等战争结束后，我们又会见面的。

也许他们也不会抓我，尤迪特反驳说。也许一切都不是像你想象的那么糟糕，妈妈！

他们会发动战争，孩子，相信我！战争已经很近，我都能感觉到它。而且他们将让我们在这场战争中死亡。

在任何情况下我都不会离开你，妈妈，尤迪特答。这是我最后的话。突然，她们紧紧抱住对方，恸哭起来。然后尤迪特到厨房去，洗早餐的餐具。

当她回到客厅，妈妈已经死了。她倒在桌上，她的右手还拿着杯子，她是用这个杯子喝了毒药。尤迪特看见空胶囊还在杯中，她知道已经回天无力。

她走回自己的房间，整理好行李箱，然后去银行行长海泽那里取父亲遗留下的钱，并告诉海泽发生的事情。

他会请人埋葬妈妈，并确保尽可能推迟对尤迪特的搜捕。她没有告诉他，她会去雷里克。海泽建议了各种好的逃生路线，但是尤迪特只是固执地摇摇头。妈妈死了，为了让她，尤迪特，能去雷里克。这是一份遗嘱，她必须去执行。

她想象中的雷里克是完全不同的。精巧、生动和友好。但它却只是小而空，在它高大的红色塔下的空和亡。当尤迪特走出车站看见塔时，她才记起妈妈曾经是怎样为之兴奋喜悦的。这并不是塔，她总是说，这是怪物，奇妙的红色怪物，你可以摸它们。而在这寒冷的天空下，尤迪特觉得它们是凶恶的怪物。无论怎么说，尤迪特感到，这都是不关心可怜的妈妈中毒死亡的塔。也不关心她的逃亡。不要对这些塔抱有什么希望。她很快从它们底下走过，穿过城市，到了港口。那里，她可以望一眼大海。海是蓝色的，深蓝色和冰冷的。根本没有轮船，甚至连一艘小轮船都没有停靠在码头。

然后，她走进了"维斯马徽章"，因为它看上去干净明亮，用浅色的油漆粉刷过。店主是一个有白白胖胖脸的结实的男人，他似乎为来了不速之客而显得高兴：哎，你好，小姐，这年底了你来雷里克做什么？尤迪特支支吾吾地提了一下教堂，她想看看教堂。他点点头，把旅客登记簿推给她。她写下：尤迪特·莱冯。这名字听上去很像普通的汉萨同盟[1]地区的名字。店主没有要护照。雷里克似乎真的是一个死了的地方。

尤迪特停止了在她的钱包里翻找东西，想着自己的名字。尤迪特·莱温。这是一个高傲的名字，一个会被逮捕的名字，一个必须被放弃的名字。这是很可怕的，作为尤迪特·莱温住在这个有红色怪物的、在冰冷天空下死了的城市。

最后，尤迪特找出母亲的照片，并把它放在枕头上。她强迫自己不哭。

---

1 汉萨同盟：12—13 世纪中欧的神圣罗马帝国与条顿骑士团诸城市之间形成的商业、政治联盟，以德意志北部城市为主。
——编者注

少年

　　如果我们还保留着父亲的船，少年想，那么我也能像哈克贝利·芬那样自由。海平静的时候，我敢驾着渔船出去，到远处的丹麦或瑞典去。但母亲卖掉了父亲的船，船被打捞上来时，底朝天在水上漂着，而且损坏很严重，但它还能值点钱，所以母亲把它卖了，因为她要还债。所以现在，他是克努岑的学徒，而且这将需要许多年，等到他能参与捕鱼，然后再要等上几年，直到他存下足够的钱买自己的船。可是我根本不想有船干这无聊的捕鱼业，少年想，我想要一艘去大海的船，一艘船，以便离开这儿。哈克·芬会做的事，我都会做：我会钓鱼和煎鱼，我还会把自己藏起来。不过，哈克·芬有密西西比河和适合密西西比河的好船。少年站起来，把书塞进包，并往下走去港口。他已经完全忘记，他还应该想第三个理由，也就是最后一个理由，为什么他想离开，离开雷里克。

格雷戈尔

眼前的一切都像格雷戈尔想象的那样：松树林突然消失，道路在冰碛山脊上再一次隆起，上面又出现另外一个画面：走过黑白色奶牛和马群的草地、牧场，然后是城市，以及后面的大海，一面蓝色的墙。

但这个城市让人惊讶。它只不过是一条深的、石板色的地带，地带的中央矗立着塔。格雷戈尔数了数：六个塔。一个双塔和四个独立的塔，这些塔将教堂压在下面，这红色的建筑耸立在波罗的海的蓝色中，一幅巨大的浮雕。格雷戈尔从自行车上下来，并观察着这一切。他并没有想到会有这样的景色。他们本来应该告诉我的，他想。但他知道，中央委员会的人不懂也不关心这些。对于他们来说，雷里克只是一个与其他任何一个城市一样的地方，地图上的一个圆点，其中有党的一个小组，一个主要成员是渔民和小船厂的工人的小组。也许中央委员会的人从来没有到过雷里克。他们完全不能想象这里会有这些塔。但是，即使他们知道，他们也只会嘲笑格雷戈尔的观点，否认这样的塔会对党的工作有影响。如果格雷戈尔告诉他们，他看到雷里克时的印象，即对在一个城市的人，对在一个有这种塔的城市的人，必须与那些看看传单就会跟从的城市的人，采取完全不同的工作方式，否则他们只会耸耸肩膀，而中央委员会的人最多会说：那里住着与威丁一样的人。这是正确的。雷里克的渔民肯定与西门子城的工人一模一样。但他们生活在塔下。他们依然在塔下住着，即使他们出海。因为塔也是航标。

从这儿一定可以看到国土在海上的边界吧，格雷戈尔想。七英里。七英里逃亡路线在这些塔的视线内。但那些人一定不会坐在塔内。那些人没有塔是一件好事，格雷戈尔想。那么谁坐在里面呢？没有人坐在里面。那是空的塔。

不过，尽管塔是空的，格雷戈尔还是觉得被监视着。他预料到，在他们的注视下逃跑将会很困难。他想得太简单了：他的最后一项指导员任务是在雷里克，他要落实下去，并且通过联络员调查清楚，雷里克的港口及运输渠道。但他没有想到会有这些塔。它们能看到一切。那么也同样能看到背叛。

突然，格雷戈尔想起来，他以前也曾经从一个山丘接近过靠海的城市。这座城市叫塔拉索夫卡。塔拉索夫卡在克里米亚半岛。那天已经是晚上了，他们终于获准打开坦克的舱口，格雷戈尔立即从舱口伸出上半身呼吸新鲜空气，军事行动时的晚风。他看到了干草原山丘下的那个城市，一些凌乱的灰色木屋在金色浪漫的大海边——完全不同于雷里克和它在波罗的海冰蓝前耸立的红色塔——中尉切尔契夫同志站立在一辆在格雷戈尔的坦克前开着的坦克的舱口，向他喊着：这是塔拉索夫卡，格里戈里！我们拿下了塔拉索夫卡！格雷戈尔对他回笑着，但他根本不在乎这个坦克旅是否拿下了塔拉索夫卡，虽然他"客串"了他们的军事行动。他突然被黑海金色流淌的海水和岸边的木屋灰色漆画迷住了，那是一只脏兮兮银色的大鸟，它仿佛正酝酿着在五十辆坦克、五十团灰尘云、五十支铁剑发出的沉闷隆隆声的威胁下，向着塔拉索夫卡高高举起海的金色盾牌。格雷戈尔还看见，站在前面坦克中的指挥官如何抬起他的手臂，轰鸣声渐渐消失，大规模的踏步停止，灰尘云升起形成面纱、旗帜，并在金色盾牌前低头。这一天结束之前，在五百个灰色小屋汇成的羽毛下，塔拉索夫卡又开始了呼吸。

望着雷里克，格雷戈尔想起了塔拉索夫卡，因为他从那里开始了他的背叛。他的背叛在于他把金色盾牌看得比占领城市更重要。格雷戈尔无法确定，是否切尔契夫和其他官兵也看到了盾牌；他们只谈论他们的胜利。对切尔契夫来说，塔拉索夫卡只是一座城市，必须去占领，对中央委员会的同志来说，雷里克只是一个点，一个必须保存的点——不存在能举起的金色盾牌，不存在有眼睛的红色巨塔。

也许背叛早就开始了，也许是在学院的课堂上突然产生的厌倦，格雷戈尔是被青年团派到学院去的，因为他在柏林的功绩。如果他们根本没有把我送去那里，该有多好，格雷戈尔想，那个被我们征服的国家。当人们取得胜利之后，他们就有时间关心其他事，而不再是战争。他们向他宣扬，在他们的国家，战斗还在继续，但胜利后的战斗是与胜利之前的战斗截然不同的。在塔拉索夫卡的这个夜晚，格雷戈尔理解了，他仇视胜利。

他带什么回来了？不过是一个名字。进进修学院好比是入一座寺庙：人们必须放弃自己的名字，并选择一个新的。他给自己取的名字是格里戈里。当他在研究战胜对方的技巧与方法时，柏林被占领了。他用一本假护照被辗转通过维也纳送了回来，那上面的名字是格雷戈尔。他学到了斗争的第三种形式：失败后的斗争。在斗争的间隙，他想到了塔拉索夫卡的金色盾牌。中央委员会的同志对他十分不满。他们认为他变得很懒惰。

少年

　　他打开油箱加油口，并把燃油灌进去，黏的、黄色的液体流进去时，少年想：我喜欢闻柴油味。他蜷缩着站在装着发动机的低矮房间里，然后他想：这些燃油足够从波罗的海到哥本哈根或马尔默。但是，克努岑绝对不会有做个小旅行的主意，他们中没有人会有这样的想法，只有父亲，他不满足开着船却只在海岸边捕鱼。也许父亲喝酒，但父亲也是有想法的，他想，也许正是因为这个，他们才不能接受他。少年相信，甚至母亲也不那么喜欢他。每当提到他的时候，她会开始哭诉。少年让桶里的最后一滴油滴完，然后用布把圆管口擦干净，再拧紧盖子。克努岑不会知道我有多么熟悉航海图，他想，我已经把雷里克、费马恩和法尔斯特，往东直到达尔斯半岛，以及到达默恩岛的航海图都记在脑子里了。我可以游戏般把渔船开到波罗的海。去哪里呢？哦，他想，哪儿都行。

赫兰德 § 克努岑

刚看到空的港口时，赫兰德神父本感到惊讶。但随后他就看到一条船和船上的克努岑。幸福的巧合！与克努岑在外面讲话比去他家要好得多。如果赫兰德神父在雷里克踏进克努岑的家门，就会引起注意。相反，如果在外面见到他，并拉住他聊上几句话，那就很平常了。

克努岑用余光观察着他，赫兰德能感觉到。赫兰德慢慢地走近他，拄着他的手杖，今天他瘸得比以往厉害许多。很宽阔的码头，铺着圆的鹅卵石。一辆卡车沿着低处有红色台阶式外墙的房子一高一低地行驶着，只有"维斯马徽章"被漆成白色，窗框是绿色的，门上有一个金色的黄铜把手。终于，赫兰德站在了码头的围墙边，"宝丽娜"还在那里停泊着。透过小渔船的索具，神父能看到一片大海，很远处，在洛神岛的灯塔右面，从这儿望过去，灯塔显得非常渺小。克努岑坐在驾驶室旁边擦着灯，一支冷烟斗夹在他的牙齿之间。从下面，从发动机舱传来声音，那一定是少年。打发少年走开，克努岑！神父说。我要和你谈谈。

这语气很强硬，克努岑想。总是很直接，那位神父。一位神父。一位直言不讳的神父。

那小子马上就好了，他说。他只是要把油箱灌满。

你怎么没有和其他人一起出海？当他们在等待的时候，神父问道。

胆囊，克努岑说，胆结石发作。

赫兰德听出克努岑在说谎。克努岑像过去一样精神。

胆囊，他说。哦，这个胆囊！您自己气出来的，克努岑，还是您吃了油腻的东西？

克努岑看着他。气出来的，他答。

神父点头。从港口东侧的小船厂传来锤子沉重的声音。然后是城市所有教堂的钟声。三点半。

克努岑想起自己跟神父上一次的对话，那还是四年前，那些人刚掌握政权的时候。他们在街上相遇。神父停下来和他说话。

您这红色家伙，他当时说，现在您会受到惩罚！他边说边笑。那时候人们还能嘲笑这种事。只有克努岑当时已经失去笑脸，而是看着神父说：总有一天，您的凡尔登腿也帮不了您。

他不再笑了。在他继续走之前，当时，四年前，他说：如果哪天您需要我的帮助，克努岑，您知道我住在哪里。

但现在看来，克努岑想，神父似乎是需要他的帮忙。

过了一会儿，少年拿着空油桶来到甲板。他有些怯生生地望着赫兰德神父，他是在他那里接受新教坚信礼的，他问候了神父。

回家去，克努岑对他说，收拾好你的东西。我们五点开船。

少年赶紧溜走了。您不想到甲板上来坐吗？克努岑问。

不了，这太引人注目了，赫兰德答。

啊哈，克努岑想，显然到了傲慢的赫兰德神父的凡尔登腿也帮不了他自己的时候了。他的腿是在凡尔登战役中

36

被打断的。

克努岑，神父说，您必须等到今天晚上才出海。他补充说：我恳求您。

克努岑带着疑虑地抬头望着神父，神父站在码头上，比他高出一点，神父，瘦高个，严肃通红的脸，嘴上留着黑色的小胡子，其中还混杂着灰色的胡须，眼睛前是一副镜片闪亮的无边眼镜，水晶般闪亮在充满激情而又濒于愤怒的脸上，一身黑袍的身体略微弯曲在手杖上。

我必须请您帮我去一次斯格林，并把一件东西送到那里，赫兰德说。

到瑞典去吗？克努岑拿下嘴里的烟斗。是要我帮您把东西送到瑞典去吗？

是，赫兰德说，送到斯格林的修道院院长那里。他是我的朋友。

从船厂传来一阵滑轮的尖叫声。"维斯马徽章"前有两个手提购物袋的女人说着话。克努岑放下刚才他摆弄的灯。他很小心。现在不要再问，他想。只要我问一下，我就陷进去了。他避开神父，朝空的码头望去。

只是一个小雕像，他听到赫兰德说。教堂里的一个小木雕。

克努岑感到惊奇，忍不住说起话来。一个小木雕吗？他问。

是。只有半米高。我被迫要把它交给那些人。他们想要从教堂里把它拿走。它必须被送到瑞典保护起来。赫兰德停顿一下，又补充说：我当然会付您报酬。而且，如果您捕鱼因此有损失的话，我也会补偿，克努岑。

这个神父，克努岑想。这疯了的神父。想我应该帮他救他的神像。

您大可放心，神父先生，在我们这儿，这个神像会被精心保护的，这个来自罗斯托克的年轻人说。赫兰德想起昨晚年轻博士的到访，不由得勃然大怒。他不像那些人，他是一个很诡异机智的人，一个油滑的人，一个只知道战术和只"想要最好的"的野心家——您只是想把"读书的修道院学生"保护起来，馆长先生，赫兰德讥讽地回答，根本没有必要把它保护好，就这样它也是像新的一样。——我们要保护它，神父先生。——您想要把它关起来，博士先生。——因为它已经被列在清单上了，而我们有任务……哪个清单？——在那份不得在公共场合展示的艺术作品清单上。所以这样更好……——"读书的修道院学生"不是艺术品，博士先生，它是一件实用物品。它是应该被使用的，您懂吗，使用！而且是在我的教堂里。——但您应该理解，耐心得像一个长者那样的年轻人解释说，如果您不把它给我们，后天早上那些人会把它从教堂拿走。然后它会怎样呢？——也许有人想要摧毁它吗？也许这也很好，如果"读书的修道院学生"死了……——等等，您刚才怎么说的？——哦，把它存放起来。您相信永恒的生命吗，博士先生？相信一个雕像的永恒生命，当它死了之后，因为它没有被交出去吗？——但这是没有一丝希望的。——这会给您带来非常不愉快的后果，神父先生，那会造成"我们"不能再保护您的严重后果。那位多有谋略的年轻人，想不出比他称为"后果"更合适的理由。——您告诉罗斯托克的人，我会确保"读书的修道院学生"留在教堂！那年轻人只能耸耸肩膀。

　　当神父与克努岑说话的时候，他们站在从海上吹来冰冷清新的空气的地方，他逐渐清楚地认识到，目前还原封不动在耳堂东北角的柱子下坐着的，半米高的木雕"读书的修道院学生"是他的教堂中最珍贵的圣物。这是几年前他从一个雕塑家那里买到的，此后不久这位雕塑家被那些人禁止继续工作。因为那些人要抢走"读书的修道院学生"，赫兰德想，所以这是一件圣物。因为他们并没有碰那尊圣坛上高大的基督，而他的这个小小的"学生"却妨碍到了他们。这正在读书的"小修道士"。而这整座巨大的教堂建筑，会为这安静的"修道士"而经受考验，赫兰德想。还有：教会，遗憾的是那里只有我。圣尼古拉教堂的同事是怎么说的呢？这个现代的东西反正不属于教堂，他反驳。"读书的修道院学生"不是现代艺术，它是很老的，赫兰德反击。但无济于事。赫兰德根本就没有尝试去圣母教堂的同事那里求援，他们是属于那些人的。于是出现了这个情况，我这个不信上帝的人被请求将这"小修道士"送到斯格林的修道院院长那里。或消灭它。但绝对不能交出它。

对不起，克努岑说，我不愿意。

神父从自己的思绪中惊醒。您说了什么？他问。

我不能那样做，克努岑答。他掏出烟袋，开始繁琐地塞他的烟斗。

为什么不能？赫兰德问。您害怕吗？

当然！克努岑说。

这不是唯一的理由。

克努岑点燃他的烟斗。他盯着神父的眼睛，说：您相信我会为您的上帝的相片而搭上自己的性命吗，神父先生？

这不是一张上帝的相片。

好吧，反正总是那么一个神圣的偶像吧，克努岑粗暴地说。

是，赫兰德说，是一个神圣的偶像。

这个怪人，克努岑想。神圣的偶像，没有这样的东西。

如此神圣，对您来说好比一张列宁的照片，赫兰德说。

列宁不是圣人，克努岑答。列宁是革命领袖。

那么革命呢？这对你来说不是神圣的吗，克努岑？

住口！克努岑说。我不想听一个中产阶级谈论革命。您不知道这听上去有多么不自然。

我不是一个中产阶级，赫兰德气愤地说。我是一个神父。

一个为了中产阶级的神父，神父先生！正是这个原因，我才不愿为了您去斯格林。

这肯定不是全部的原因，赫兰德能感觉到。他眺望着茫茫大海，望着这片冰冷的蓝，那上面隐约可见在烟云下有浅铅红和白色的小斑点闪烁着，那是一艘小轮船，它正向着雷里克驶来。克努岑话里有话，神父想。必定还有另一个原因，他才拒绝我的请求。

那么您是会为党而去远航，克努岑？他问。

克努岑从嘴里吐出一口烟。他望着码头。两个女人正在道别。"维斯马徽章"的店主已经往大街上搬了一会儿空啤酒箱子，而且克努岑注意到，每次他出来的时候，会迅速朝码头围墙这边正在对话的他们张望。克努岑是很会观察到这种事的。

我们被人看见了，神父先生，他说。

他们交换了一下会意的眼神。

我问您，您是否会为党而出海，赫兰德说。请给我一个答案！

狗屁，我才不管党呢，克努岑想。神父在克努岑的眼神里看到奇怪的东西：一个痛苦的表情。

已经很多年了，我没有为党做过什么，克努岑愤愤地说。就是这样的！已经没有党了。而您现在却要求我为您的教堂做什么事？他用他的拳头抨击着驾驶室的墙。您走开，神父先生！您别烦我！

原来如此。赫兰德恍然大悟，为什么克努岑会拒绝。因为党的失败，他感到内疚，产生了恨意。这似乎与我和教会的关系类似吧，他想。

没有道别，他就转身走了。克努岑看着他吃力地穿过码头。码头还一直是空荡荡的，神父走着，沉闷、孤零、艰难地拖着他的凡尔登腿，沿着有红色外墙的房子，走在石砖路上，在尼古拉胡同口拐了弯。

这时，教堂的钟敲响四点。上帝，克努岑想，我又晚了。

少年

　　我早就把我的东西放到船上了，少年想，为什么克努岑还要把我赶走呢？要使这艘船能够启航，还有很多事情做。不过，大人们从来不给一个解释，他们只说一句"五点钟来！"或"回家去！"他沿着特雷讷河走，却又感到奇怪，神父为什么与船老大克努岑说话，但是，很快他又忘记了：他对大人们，对每一个个人都不感兴趣。最多了解个大概。等我长大以后，他想，我要与他们有所不同。总是能与克努岑不同，与所有他认识的人不同的吧。人总不能就一直这样下去，仅有那么几种谈话的形式，到老的时候，也没有新的想法了，到老的时候，总是在小红砖屋里过着同样的生活，只经营着单调无聊的沿海捕鱼业，到老的时候。人应该想出一些新的东西，使得自己不变成那种人。但为了能想出点什么来，你首先必须离开他们。

尤迪特

她坐到一张桌子旁，这个时候旅馆的餐厅是空的，她点了一杯茶和香肠三明治。然后，她望着窗外，那同样空的码头。她看见一位牧师站在码头的围墙旁，正与渔民说着话。与唯一一条船上的渔民，而船就是那渔民的生命。

店主送上来茶和夹着肉片的面包。尤迪特从她的包里掏出了贝德克尔旅行指南，当她开始吃面包的时候假装读着书。不过，这也是她最喜欢的一个习惯———边吃，一边读书。在家里，妈妈总会流露出一丝抱怨，当她看见尤迪特：趴在那里，着迷地读一本书，一只手撑着头，另一只手拿着果酱三明治。而今天，她读不了书。她只能旁观。

教堂五点就关门，店主说。

那么早吗？尤迪特问。

五点半天就黑了，店主答。

啊，这样啊，尤迪特说。那或许我还是明天去看吧。我也感到很累了。那我就在港口附近随便走走吧。

终于有一个不那么心急的，店主想。这样的女孩通常都急着去教堂。眼前这个看上去不慌不忙的。也会有例外。甚至是一个很年轻漂亮的例外。

今天港口看不到什么，小姐，他说。

是吗，为什么港口那么空荡荡呢？尤迪特问。那里连渔船都没有。

他们都出海了。现在我们这儿是鳕鱼季节。今晚，第一批船会回来。明天中午您可以在我这儿吃到最好最新鲜的鳕鱼。

尤迪特感觉到他的眼神。一个讨厌的家伙，她想，这么白白胖胖的。一条胖鳕鱼。

好极了，她说。我喜欢吃海鱼。她想：明天中午我已经走了，如果这儿没有去国外的船的话。

是不是有时也会有大船来雷里克呢？她问。她试图使自己的声音尽可能保持平稳，做到不动声色。

只是偶尔吧，店主说。难得有几条小轮船。为雷里克没有再做过什么，他开始抱怨。航道必须要疏浚。装卸货物的设备只剩下一些零碎了。是的，罗斯托克！还有，斯德丁！在那里他们什么都做。北欧没有人再来雷里克了。

他变得恼怒，甚至忘了尤迪特的存在，他开始把空啤酒箱搬到大街上，还弄出很大的声响。餐厅里面的那扇双向摆动门来来回回发出撞击声，当他用力搬着啤酒箱的时候。一个中国人，尤迪特想，一个高个子、白白胖胖的中国人。只是不像中国人那么声音轻。

她又望着窗外。那位与渔民讲话的牧师，正穿过广场走来。他拄着手杖走路。尤迪特看出他走路时的疼痛，因为他的样子看上去很吃力，好像是他必须自己控制住，才不至于整个身子完全弯到手杖上。

店主又走进来。他说，您还必须把您的护照交给我。现在警察都要看护照，如果他们晚上来检查客人登记簿的话。

尤迪特合上她的手提包。

我把它放在楼上的箱子里了，她说。我等会儿把它拿下来。

别忘了！店主说。您最好马上就去取！

完了，尤迪特想。彻底完了。我不能给他看我的护照，否则，我就完了。这个中国人不是那么好说话的。现在我必须上楼，然后我下来，并说，我必须马上离开。我可以说，我突然觉得生病了，或类似的、非常愚蠢的话。他肯定不会相信我。如果现在没有一班火车发车的话，也许我永远也不要想离开雷里克了。

正陷入自己的恐慌中，她听见店主说，您看上去像外国人，小姐。像她这样的人很少来雷里克。

他已经发现了什么吗？忽然尤迪特觉得，她被困在了这家客店。雷里克是一个陷阱。一个为很少来的人设的陷阱。哦，妈妈，她想。妈妈一直是很浪漫的。她来到雷里克，是掉进了妈妈的一个浪漫想法里了。

我的母亲有一半意大利血统，她说。她几乎想要笑。也许是有那么点歇斯底里，但不管怎么说，她还是笑了。妈妈是一个可爱的、个子不高的典型汉堡女士。

啊，是这样啊，店主说。柜台后面他那灯笼般的脸又笑开了。您把护照拿来给我，他说话的声音苍白得像他的脸，否则今晚我就会敲门，把您从床上叫起来！

尤迪特还很年轻，但她还是突然意识到，如果忘记把护照交给店主，她将为此付出什么样的代价。恶心，她想。她羞涩地瞥了一眼店主的脸。那是一张白白胖胖的脸，但不只是肥，而是岩石般的硬。一块白石头，被涂上了一层肥油。她必须争取时间。就在这一刻，她看见了那艘轮船。

一艘船，她喊道。

店主走过来，向窗外望去。瑞典的船，他平静地说。

我想出去看看船是怎样抛锚靠岸的，尤迪特激动地说。

您从来没有见过一艘船吗？店主问。您可是来自汉堡的呀！

啊，是，可在小港口一定更好看啊，尤迪特反驳说。她成功地把她的声音调节到带有很多热情与期望，店主只好摇摇头。童心之旅，尤迪特想，我必须说这是童心之旅。

她走出去的时候，感觉到了他假惺惺的父亲般的眼神。在双向摆动门的嘎吱嘎吱声中她颤抖了一下。

外面的空气又寒冷又清新。她看着来自瑞典的轮船，它已经进入港口的入口处，并在防波堤的顶端开始转一个很大的圈，一艘又老又小的船，涂着斑斑点点的赤丹色，吃水很深，还因为船载的木材重量而气喘吁吁。甚至在甲板上也装载着树桩，一捆捆浅色的树木，在冷飕飕的阳光下闪着黄色。蓝底金十字旗帜垂头丧气地挂在船尾。

少年

　　母亲，少年说，到一月份我就十六岁了，你会允许我去汉堡，并在货船上找一份海员的工作吗？不要又旧事重提，她说，你知道，想都别想，你到克努岑那里当学徒，然后你要去海军当两年兵。我希望你有一个很好的基础。上帝，少年想，不能这样啊，还要在克努岑那里做两年半，然后再要当两年海军，而人也没有自由，我不能忍受。在一条货船上，他说，我也可以打一个很好的基础，直到我能成为刚入行的海员，我还能看到些外面的世界。看看，看看，母亲说，你们总是想要看看，你的父亲也一直想看看。她开始嘟嘟囔囔地抱怨。

　　少年坐到一个角落开始苦思冥想。他对父亲已经没有丝毫的记忆，但是，当他听见母亲讲他的时候，他知道，父亲为什么会死。他死，那是因为他从来没有能看到什么。他那毫无意义的、在海上酗酒的航行是对一个世界愤怒的爆发，在这个世界里他从未，也没有能看到什么。

格雷戈尔

　　冰冷天空中的晚霞照在格奥根教堂的西侧。格雷戈尔走着，手推着自行车，在广场另一侧的房影中。这不是教堂的正面，格雷戈尔想，这是一个巨大的很老的砖瓦谷仓的正面。他避免直接走进从谷仓发出的土红色的光中。他讨厌的是教堂外广场的宽广和那地面上的光，而不是教堂的大门。他想，广场周围所有房子里的人都在看着这一个男人走向大门。但这个广场并不是舞台。这原来是一个打谷场。只是很久没有被用来晒谷子。广场显得庄严，在疲惫的秋日午后光线中，在千篇一律的红墙前，锈红色的砖，生锈的墙，再也不会打开的两扇门，让载满秋收果实的车辆进去。是否我们为收获而建造的谷仓将来也会被废弃，格雷戈尔想。当他在教堂外转悠时，他发现南侧，在一个最多只能被两到三栋房子看到的死角还有另一扇大门。他把他的自行车停靠在一栋房子旁，门边上有一块黄铜牌子，他读道：圣·格奥根教区办公室。对了，他想。然后他又想：我们都到了这个地步，要在神父寓所的窗下才感到轻松。他向教堂走去，并上了大门前的台阶：当他推门时，其中一扇门开了。

他已经在南侧横厅，然后迅速走到教堂的耳堂，想看一下雷里克联络员是否已经到了。教堂空无一人。此刻，塔楼的钟敲响了四点，沉重的铜钟声充满了整个教堂，但最后的那一声响像一把尖刀截断了寂静。我准时到了，格雷戈尔想，希望那位同志别让我等太久。

有一个人，显然是教堂的司事，从圣器储藏室走出来，并开始在大祭坛那边忙碌着。格雷戈尔开始在教堂里四处走走，做出参观的样子。过了一会儿，司事又回圣器储藏室去了。相比于教堂的外观，它的内部被漆成白色。白墙和柱子的表面并不怎么光滑，而是不规则和毛糙的，因为已经陈旧而显出灰和黄的斑点，尤其是在裂缝处。白色是有生命的，格雷戈尔想，但它为谁而活着呢？为空。为孤独。外面意味着威胁，他想，以及红色的谷仓围墙，还有这白色，然后还会有什么呢？空。虚无。没有神圣的地方给予我们保护。不要自以为是，格雷戈尔对自己说，只是因为你知道教会不属于那些人——你同样会在这儿被逮捕，就像在其他任何一个地方一样。教堂是一件有生命的奇妙白色大衣。而这大衣奇怪地温暖着他——是的，相当奇怪，格雷戈尔计划今后要思考一下这个问题，如果他以后有时间的话，也许在逃出去之后，在逃离组织之后——但是教会将会比大衣更加强大，格雷戈尔并不这样幻想。教堂也许能抵御风寒，但不能抵御死亡。在教堂的南侧廊的一个圣堂中挂着一面破碎的金色旗帜，下面跪着一个正在祈祷的人。那人有一种常见的戒备并虔诚的脸：笔挺的尖鼻子，卷曲的胡子，无神的眼睛。这位严肃的人，这座灰色大理石雕像曾经是瑞典的国王，但他现在绝不会佩着他的剑抬起身来帮助格雷戈尔。瑞典再也不会有国王为保护信仰自由而远航。或者，假如还有这样的国王，那么他们也不可能及时赶到。国王身上旗帜的金黄色不是塔拉索夫卡城徽的金色，而是几乎已经变黑的乌金色，甚至当你触摸它时，它会化为尘灰。

格雷戈尔有些担心。雷里克的同志还一直没有到，他想。也许他是不可靠的，或者他已经出事了。格雷戈尔每到一个接头地点的时候，总是会担心。在从一个接头点到另一个接头点的途中也会担心，但不像在接头地点那样。在接头地点，总有一刻他会想到逃离。

他又走到耳堂。我再给他五分钟，他想，然后我就走。他其实感觉到自己在想：最好他根本就不要出现。那么我的最后一份工作就算完成了。结束，他想，必须结束。我不想再玩了。这是让他最兴奋的最后想法：我退出。此时他没有感觉到良心上的不安。我为党已经做了许多，他想。我甚至把这最后一次旅行看作是对自己的考验。这次的旅行结束了。我可以走了。我当然是因为担心害怕而走，他愤愤地想。但也是因为我希望到别的地方去生活。我不是因为必须去完成几项任务，而总是担惊受怕，而是因为对它……他没有加入下面半句话：不再相信了。他认为，如果还会有什么任务的话，那将是一项还值得被信任的任务。但是如果有这样一个世界，那里完全没有任务呢？他产生了一个可怕的念头：人能不带着一项任务而活着吗？

在格雷戈尔走进来的南侧耳堂的天花板上，挂着一个船模，一个棕白相间的三桅大帆船。格雷戈尔望着它，身体靠在教堂中间的一根柱子上。他对船一无所知，但他想象，曾经有过一位国王，一定是乘着这艘船漂洋过海来到这儿的。深色的三桅帆船带着自己的梦想挂在黄昏中变得灰暗的白色拱形天花板下，收着帆，此刻，格雷戈尔想象这是一艘在雷里克港口停靠并等着他的船，等他上了船就即刻扬帆启航驶向大海，直到它嘎吱嘎吱的桅杆终于高出雷里克的塔，那些小的、微型的、终于消失在不自由的远方的雷里克的塔。

雷里克的同志始终没有出现。如果他不来，那么在雷里克就没有同志了。这将意味着雷里克只是被党摒弃和忘却的外围组织，并回到它的广场和塔楼的沉默共鸣中。人可以从这儿逃出去吗？从这个死寂的地方走出来的人能改变自己的命运吗？突然格雷戈尔急切期望雷里克的那个人还是最好能来。即使是在一个死寂的地方，也应该有一个生命存在并提供帮助。他不一定情愿。格雷戈尔必须谨慎行事。雷里克的党组织一定不会让中央委员会的指导员在他们的眼皮子底下当逃兵。然后，他突然看见了那个雕像。这不大的雕像，坐在较低的金属底座上，在柱子脚的斜对面。它是一座木雕，颜色不浅也不深，是均匀的棕色。格雷戈尔走近它。这尊雕像是一位年轻人，他正读着一本书，书放在他的膝盖上。这位年轻人穿着长袍，一件修道士长袍，一件看似比修道士穿的长袍更简单的大褂。大褂下露出他赤裸的双脚。他的两条胳膊垂着。直的头发也在额头的两边垂着，遮住了耳朵和太阳穴。他的眉毛像两片叶子汇拢到笔挺的鼻子根，并在他的右半边脸上留下一条深深的阴影。他的嘴不大不小，正正好好能不费力地合拢。第一眼望去，他的眼睛似乎也是合上的，但它们实际上并没有合上，这年轻人并没有睡觉，他只是在读书时习惯性地耷拉着上眼皮。那眼缝，大大的上眼皮下露出的，是两条大方、严肃的曲线，它们在眼角处不太明显地扬起，让人感到有一丝顽皮深藏其中。他的脸几乎是完美的椭圆形，在下巴处收拢，下巴虽小却足够轻易地托起他的嘴。长大褂下他的身体应该是瘦小的，瘦小细嫩。显然，格雷戈尔不应该干扰年轻人读书。

啊，我们在这儿呢，格雷戈尔想。他向年轻人弯下腰去，年轻人不到半米高，坐在低矮的底座上，格雷戈尔仔细打量他的脸。我们就是像你这样坐在列宁学院，就是这样读，读，读。也许那时我们也把手臂撑在桌上，也许我们同时还抽着烟——虽然这是不准许的——也许有时我们也抬头远望，但我们一定没有注意到窗外的伊凡大帝钟楼，我发誓，格雷戈尔想，我们太全神贯注了。像他一样全神贯注。他就是当时的我们。他多大了？像当时我们的年纪，当我们同样读书的时候。十八岁，最多十八岁。格雷戈尔把腰弯得很低，为了更仔细地端详年轻人的脸。他有着与我们一样的脸庞，他想，我们年轻人的脸庞，被挑选出来的、被寄托了希望的，读著作的年轻人的脸庞。但他突然又发现，这个年轻人又是完全不同的。他没有深陷其中。他甚至没有专注在书中。那他究竟在干什么？他只不过在阅读。他在聚精会神地阅读。他在细致地阅读。他看上去好像都知道每一时刻他读的内容。他的手臂垂着，但似乎又随时准备抬起并用手指指点书中：这不是真的。这个我不相信。他是不同的，格雷戈尔想，他是完全不同的。他比我们轻，鸟一样轻。他看起来像一个时刻能够合上书，并站起身去做其他事情的男人。

他并不读他那神圣的经文吗，格雷戈尔想。他不是一个年轻修道士吗？人是否能做到：当一个年轻修道士，又不被经文所征服呢？穿着教徒的外衣，却还保持自由呢？按条规生活，而不受神灵束缚？

格雷戈尔直起身。他纳闷。他观察这年轻人，他继续读着书，好像什么都没有发生。但已经发生了一些事，格雷戈尔想。我看见了一个人，他不带任务地活着。一个人，他能读书，可以站起来，还能离开。他带着几分羡慕地望着雕塑。

这一刻，他听到大门的响动和脚步声。他转过身。他看见一个男人，那个人走进教堂几步后才脱下渔夫帽。

少年

　　他吃了一满碗炒土豆，是母亲递到他跟前的，然后他还吞下一碗用粗小麦粉做的奶油布丁。一个好的基础，他想，当他听见她在嘟嘟囔囔抱怨时，她希望我有一个好的基础。在克努岑那里能学到的，我早就学会了。我会开船，也会使用渔网，我也熟悉气候和大海。一个好的基础，大人们说，但他们也许只是认为，你应该像他们那样慢慢地懂得一些事，愚蠢的大众。我也是傻的，他想，因为我想不出第三个理由，这最后一个理由，为什么我想要离开。他看着挂在墙上的父亲的照片。父亲站在雷里克的码头上，在他的船旁边，船上装饰着花，父亲穿着星期天的礼服，母亲说，因为这一天是皇帝的生日。少年不喜欢这张照片，因为父亲看上去像雷里克的每一个渔夫，像随便哪个穿着星期天礼服的渔夫。当然这张照片上的人不能解答哪个是最后一个理由。

克努岑 § 格雷戈尔

就是他，克努岑想。他们没有约定接头暗号。布雷格福特只是这样描述他：灰色西装、年轻、黑色直发，略矮于中等个子，裤管上夹着自行车裤管夹。一个青年团的人，克努岑想，我知道这类人。不是工人，这些小伙子，但也不是真正的知识分子。只是通过了艰苦培训的小伙子。我希望党派一个真正的工人来。

对不起，他对格雷戈尔说，在最后一刻我被耽搁了。

没关系，格雷戈尔说。这期间，我聊得还算愉快。

这里，在这祈祷棚里？克努岑问。

是的，格雷戈尔答，和那边的那个人！他指了指读书的年轻人。

真是一只奇怪的鸟，克努岑想，这位中央委员会的指导员。他漠然地向那木头雕塑看去。神父提到的就是这个雕塑吧？不可能，神父说的是一个神圣的雕塑。那边的那个没有丝毫神圣感。

同志，你是青年团的吗？他问格雷戈尔。

格雷戈尔点点头。但实际上，对青年团来说，他已经超过年龄，克努岑想，他是那些不想脱离青年团的人之一。对于党来说他们就是老人。

在教堂碰头是一个好主意，格雷戈尔说。他们从来不会想到这个地方。他想说些友善的话，因为他察觉出克努岑坚硬的观望态度。

你要告诉我许多事吗？克努岑问。还是我们能在这里直接谈妥？我还要快点离开的，他想。我根本就不应该来这儿。这样做是有什么目的呢，不顾一切，只是为了与这个年轻的家伙聊天。本来我可能现在已经在海上了。他突然听到他船上的发动机发出的隆隆声，和船头的水的嘶嘶声。

教堂的开放时间只有半小时了，格雷戈尔说。足够了。

他们坐到一条教堂的长椅上，在教堂最暗的角落，格雷戈尔与克努岑讨论新的五人小组体系。各地的党组织都将分为五人一组，而他们间互相不了解，他解释说。每个小组也是完全独立的，直接听从中央委员会。只有中央委员会了解组长的名字。这样，那些人就不可能摧毁城市里的党组织，如果他们只是抓住几位领导同志的话。

这不过就是表面上的分组，克努岑说。而实质上是更加集中。如果中央委员会被端掉，那么全党就遭殃。他想：党反正已经遭殃。

中央委员会不可能被端掉，格雷戈尔说。他知道，他的这句话并不能说服克努岑。这种论据早已说服不了各地的同志们了。

但克努岑根本不理会这说法。千万不要有长时间的讨论，他想。另外，在教堂他也感到不自在。如果有人看见我走进教堂，那么很快整个城市都会谈论这件事，他想。那个克努岑，红色家伙，去了教堂，他们会说。这会引起那些人的注意。那一定有什么事不对劲，他们会说，克努岑又将活跃起来。

他从上衣里取出烟斗，但一想到自己是在什么地方，就又把烟斗放回衣袋。在雷里克不会有五人小组，他对格雷戈尔说。甚至不会有两人小组。

你的意思是说这儿只有你一个人吗？

克努岑点点头。他阴沉沉地笑笑，并不看着格雷戈尔。

格雷戈尔看了看克努岑的侧影，然后又向前，看着大祭坛的方向。前方坐着那个年轻人，他仍然不受惊扰地读他的书。前一段时间格雷戈尔还在讲有关将党的工作搞活的话。现在他只说：我们应该怎样做呢？你能不能给我一个秘密地址，以便我们至少能将资料寄给你呢？

克努岑摇了摇头。你们应该让我们得到安静，他说。我们能否仅作为同志，而不必做任何事情呢？

格雷戈尔再看了看克努岑的脸，但这是第一次真正仔细观察。在教堂的昏暗中，在阴影逐渐增加的时候，也不能看得很清楚，但格雷戈尔能看得出，克努岑的脸是平坦粗犷的，鼻子并不是很突出，这是一张在灰白头发下棕色的、胡子拉碴的、经历了风雨的渔夫的脸，这张普通的脸没有什么地方闪光，甚至眼睛也不闪亮，这双敏锐的蓝色小眼睛，它们没有发光，它们只是反着光，蓝色的眼珠镶嵌在一张平坦粗犷的脸上。这是最后一位在雷里克的同志，看起来好像他能在黑夜中看见东西，格雷戈尔想。

那些人太厉害，克努岑说。而我们为抵抗他们所做的事，都只是区区小事。这不值得。你自己说——如果他们现在进来并抓住我们：这将是值得的事吗？

如果我们什么都不做，那就不会再有我们了，格雷戈尔说。他知道，他的这些话并没有多少分量。

克努岑用手指指着自己的额头。这里我们必须清楚，他说。这比发几张传单和往墙上刷标语更重要。

这个人是对的，格雷戈尔想。他的思考自然也受恐惧左右，但即使考虑到一定程度上的恐惧，他的想法也是对的。人还是要生存下来，这是关键。但他也不能同意克努岑的观点，那将意味着对抗党的路线。已经没有太多可说的了。他已经执行了任务。他可以回中央委员会并汇报说，在雷里克的外围组织已经作废。因为，如果他汇报在雷里克只有唯一一位党的同志了，而且这位同志的观点还是相信党就将足够了，不必为党做事了，那这样一个外围组织就被视为作废了。他们根本不会花一点点时间来讨论这个观点。因此，我也无所谓，他想，无论他们议论什么，又不议论什么。我不会与他们再见。

听好了，他对克努岑说，可是你们这儿有与国外的联系，对吧？这一点至少党是可以指望的。我们必须利用每一个可能用来作为传递信息的渠道。

他想做什么，克努岑想，立刻警觉起来。是否党已经到了这个地步，需要依靠我们建立起它与外国的联系了？党大概是到了山穷水尽的地步，假如它都需要用我们这些小渔民了。

他决定装傻。只有很少的外国船到这儿来，他说。雷里克实际上只是一个内河陆港了。如果偶尔有一艘瑞典或丹麦的船——你认为，我可以去询问他们，是否他们中有党的人吗？如果我真的靠近一艘这样的船，那么我第二天就会在奥拉宁堡[1]！这该死的小地方，他恨恨地补充说。你不能想象，在这样一个小地方工作是怎么回事，同志！

这听起来有点过于着急。你只是已经受够了，亲爱的，格雷戈尔想。你想让自己躲进这个角落并相信党。那么我呢，我想要什么呢？我想要摆脱我的角落，而到任何

1 奥拉宁堡：德国勃兰登堡州市镇。萨克森豪森集中营（1936—1945.5）所在地。二战后，当处于苏联占领之下时，相关建筑被用作内务人民委员会特别营，直到1950年。——编者注

一个地方，那里人们还能思考，思考关于相信党是否具有意义。

读书，他想。再次读书。那样读书，就像前面那个人。不过前面那个人几乎不能被辨认。白色的教堂现在充满灰色的阴影。是到离开的时候了。

那你呢？格雷戈尔问。你或别的人能将一位信使带到那边吗？

这已是今天的第二次了，克努岑想，有人对我提出这个要求。首先，有人请求我把一个圣人带过去，现在是党的一位信使。突然，他记起神父问他的事。为了党，您愿意开船过去，克努岑，是吗？神父问他。而他，他怎样答的呢？根本没有那个党了。而现在您却提出，我应该为教会做事？

你对海航一无所知，同志，他对格雷戈尔说。我们的船只能沿海捕鱼。我们不能把船开到大海上去。

为什么我说这些，他自问。我现在倒是可以为党做些事的。我骗了神父。我或许应该这样回答他：为党我也不愿再做事。

格雷戈尔倾听了几秒钟教堂深邃的寂静。他突然决定孤注一掷。

我理解，你不愿这样做，他说。当克努岑举起手想要拒绝时，他不让他有说话的机会。我真的理解你，相信我，他说。但我必须过去。

克努岑注意到此刻格雷戈尔完全不同的声调。

当邮差？他问。

不，格雷戈尔说。

那你是想逃走？

你可以这样说，格雷戈尔答。那你怎样解释你做的事？

可我不是中央委员会的人，克努岑说。

我们之间没有任何区别，格雷戈尔说。在中央委员会的人和一名普通同志间是有区别的。但在两个想要逃走的人之间，没有区别。

他察觉到对方身上升起了一股怒火，并让怒火又渐渐平息。当一个人完全冷血地阐述他所思考的东西，并且他的思考又是正确的话，那么总是这样的。

你应该最好管住自己的事，克努岑说。他咆哮着。

格雷戈尔没有直接回答。怎么样，他问，要不要我们尝试一起到那边去？你也应该留在那里！在这儿，你反正迟早要被抓。

我已经把这个问题想过上百次，克努岑想。我不能。我不能这样对贝尔塔。如果我走了，没有人会照顾她。我不能把她丢下。

他摇摇头。他还想说些什么，但两下钟声瞬间在教堂隆隆回荡起来，然后司事走了进来，仿佛他就是钟里面的小人儿，与这回荡声一起从圣器储藏室出来了。他在祭坛前停下，突然打破寂静：教堂门要关了。然后，他认出了克努岑。

天哪，他说，克努岑先生，是您？稀客啊！

只是一位朋友，克努岑停顿片刻后说，从外地来的朋友。他坚持要来参观教堂。

惨了，在司事的冷笑中他想道，居然会这样。现在，这件事很快就会在雷里克传开。我为什么偏偏就来了呢？为听来自中央委员会的同志最后告诉我，他想逃跑？我的船，他想，我为什么还不在海上呢？突然他体会到，在这充满幽灵般恐惧的世界里，他的船的焦油和汽油的气味是唯一的现实，也是他唯一能依靠的。他还想找些合适的词，而此时他看见赫兰德神父走进了教堂。

赫兰德神父来到这几个人中间。您可以走了，保尔森，他对司事说。您把钥匙交给我，今天我自己锁教堂的门。我与克努岑先生还有话要说。

少年

他又往下到了港口。如果我没有带着母亲给我的许可证明，我在汉堡或其他任何地方都不能当海员，他想。十六岁的我，没有一张我母亲的纸，什么都干不了。我也不能出国，因为如果妈妈不同意，我就得不到护照。没有护照能出国吗？他们会把你送回来，一个未成年人一定会被他们送回来。到处都要证件，而要得到证件又必须有大人的同意。大人们把这件事做得太漂亮了，少年想。哈克贝利·芬，他不需要证件。但这也是在当时，何况美国那么大，人们如果想看看什么东西的话，也不会有要去国外的想法。

美国也不是一个无聊的地方，不像雷里克——这是为什么人们要离开的理由之一。哈克·芬，他不逃走，因为那里没有无聊的地方。他逃，是因为他被追捕。在雷里克，少年想，没有追捕行动。雷里克从来不会发生什么事情。人必须去什么地方，去发生事情的地方。比如去美国。

赫兰德 § 克努岑 § 格雷戈尔

该死，司事走了之后，克努岑对格雷戈尔说，现在你也知道我的名字了。他痛苦地补充：渔夫海因里希·克努岑，如果你想确切知道的话。我的船叫"宝丽娜"或"雷里克17"，请铭刻在心！

我不会需要，格雷戈尔说。

刚才我看见你走进教堂的，克努岑，赫兰德说，等了一段时间你还没有出来，所以我决定进来看看。

从港口回来后，他先在工作室的靠背椅上坐了一会儿，残腿的疼痛让他完全麻木了。主啊，他祈祷，不要让手术伤口撕裂，否则我就彻底完了。我的血糖太高，因此伤口不能愈合。但在整个祷告过程中，他清楚地知道主也帮不了他。我的伤口会撕裂，他想。他松了松假肢的绷带并查看伤口，伤疤边缘已经发肿并已开始发炎。您有轻微的糖尿病，凡尔登野战医院的医生锯断他的腿后对他说。他充满疑虑地摇摇头。几个星期的危险期过后，伤口终于还是愈合了。但赫兰德神父知道，总有一天伤口会再次裂开。如果伤口裂开，那就真的没救了。住院，门诊医生费雷金会说，住院，这条腿必须静养，并需要打胰岛素。但赫兰德知道，住院和胰岛素也不能使这条腿太平无事，只要它再次裂开，也就是到了能看见露出了红色组织和黑色的坏死组织的时候。不过，尽管如此，明天他也要去费雷金医生那里。也许这只是伤口边缘的普通炎症。但在这之前，还要完成这雕塑的事。他又把假肢紧紧绑住，一瘸一拐地走到窗口。一面墙。一面没有刻字的红色大墙。然后，他看见克努岑，克努岑正快步沿南殿走着，没有四处张望，并消失在教堂里。

当然我不会想象，我会遇见沉浸在祈祷中的您，赫兰德说。难以置信！他突然吼叫：教堂不是你们进行党的交易的地方！

用"交易"来形容我们商谈的事是一个很糟糕的词，格雷戈尔平静地说。他还说：我们不是兑换钱的人和贸易商，神父先生，您不必把我们赶出教堂。

您，您又是谁？神父看着格雷戈尔。

他看上去已经不是克努岑看到的：一个年轻人，个子不高，一张瘦削的脸上有直的黑发，灰色西装，裤管上夹着自行车夹子。他们至少还有年轻人，他想。

我没有名字。但是，您可以叫我格雷戈尔。

呵呵，你就是格雷戈尔！克努岑说。我听说过你。我不能想象你……

格雷戈尔打断他的话。你就是太欠考虑，他说。

您是那些，赫兰德说，如果有需要就会想起《圣经》的人。

是的，格雷戈尔说。我正是他们中的一个。但这不是我的错。为什么您要教我们《圣经》？

别听他的，神父先生，克努岑说。他只是故意复述您的话。

他们说话的时候一直站着，站在雕像的旁边。其实我们是四个人，格雷戈尔想。坐在那儿读书的小伙子，也一定在故意复述我们的话。他转身并从它的背后抚摸它。

我们用您的教堂作为接头地点，您其实应该感到自豪，神父先生，格雷戈尔说。

教堂不是不信上帝的人的约会地点。

上帝与否，格雷戈尔说，这只取决于是否有人来这儿见面。也许不久的将来就不会再有什么地方，可以让人们在那里见面了。现在几乎只有给那些人的地方了。

您真会说，神父说。

是的，克努岑说，说话——他很行。这是他的强项。

这期间，教堂里已经很暗，白色的墙彻底变成了粗糙的灰色。或许这灰色会发亮，如果外面已经是夜晚时，但透过耳堂那高高的窗，人们还能看见外面仍然有傍晚的光线，黄昏朦胧的光亮。

在昏暗的光线下，神父问：怎么样啊，克努岑，您又考虑过了吗？正是这个原因，我跟着他，赫兰德想，不是出于好奇。

不，克努岑答，我没有，不用再考虑。

遗憾，赫兰德说。我以为，我可以与您做一笔交易。我把我的教堂提供给你们的党，而你们帮我把这雕像送出去！

他并没有把教堂提供给党，克努岑想。他只是把它提供给了两个逃兵。

神父先生，如果您允许我们进教堂，根本也不算冒险，他说。但如果我试图把您的雕像带到瑞典去，却要冒生命危险。

我将我的生命也置于危险之中了，神父想，如果我让人把这雕像带走。但他没有说这话。这是一个无用的论据。这是怎么回事？格雷戈尔问。你在说哪个雕塑，克努岑？

不知道，克努岑答，他要我把不知道哪个神像带到瑞典去。

您闭嘴，克努岑，神父说。我禁止您在这儿，在我在场的时候谈论神像！

我不是这个意思，克努岑说。

是这个意思。神父心神不宁。上帝是一个神像吗，他想，只因为他似乎不再关心我们了吗？只因为他没有听见我们的祈祷吗？没有为我的残腿上撕裂的伤口而祈祷，没有为帮助抵抗那些人的人祈祷吗？

说的就是这个雕像，他对格雷戈尔说。它不能再展示了。明天早上他们想把它从教堂拿走。

格雷戈尔明白了赫兰德再明确不过的动作。当然，他想，说的就是这个雕像。格雷戈尔相当理解，为什么那些人容不下这个坐着读书的"年轻人"。一个像他这样读书的人，是一个威胁。克努岑也看着这雕像。就这东西？他惊讶地问。这东西要表达什么？

这座雕像的名字是"读书的修道院学生"，赫兰德解释。

也就是说他根本不是什么圣人，克努岑说。我必须因为它到斯格林去吗？

我们不能确定是否这个"年轻人"也听着，格雷戈尔想。他始终保持着平静的神态。他继续读书：冷静并专注。他会以同样的冷静和专注，合上书并抬头看，假如有人对他说：来吧，你必须漂洋过海。

你不会相信，格雷戈尔对克努岑说，但你必须把这个东西送到瑞典去。

呵呵，克努岑说，我早就知道！谁能强迫我吗？是你吗？

党，格雷戈尔说。这是党的命令。

克努岑鄙视的笑声顷刻间冲上拱顶。党的命令，他说，我必须从你这儿接受一个党的命令吗？

这两个人之间有矛盾，神父想。克努岑恨他的党派来的这个人。两个小时前，克努岑还向他抱怨说，他已经不能为党再做什么了，党已经没了。当党又派联络员来找他，并给他一项任务，他为什么不高兴呢？他似乎鄙视这位联络员，这个自称格雷戈尔的男人。

听好了，克努岑，格雷戈尔说，你不了解党的新策略！我们现在与所有人合作：与教会、与中产阶级，甚至与军队的人。与所有反对那些人的人。——他指了指雕像：如果我们把它送走，这就给我们的策略提供了一个范例。

策略，神父想，一切对他们来说都是策略。

我不想与中产阶级合作，他听见克努岑说。如果我们及时开枪，我们现在可以省了这些麻烦。

够了，格雷戈尔说，我们没有时间再讨论下去。你必须把雕像送到瑞典去！

克努岑看着他。不过他的手插在口袋里。以便你也有机会到对面去，他慢悠悠地说。

这样啊，神父想，原来如此。这就是他们两人之间的一场戏：一场有恐惧、压抑、分裂的悲剧。所以也就是说，这个党不只是由铁人组成。它是由那些有恐惧或勇气的人组成的。这两个人有恐惧，而且他们承认——因此他们之间有恨，伪君子的恨。他们还没有达到他们的恐惧底线，而在那里，人们不得不平静且不带责备地接受。

你不必把我安排进这场游戏，格雷戈尔对克努岑说。如果我想离开，我自己可以离开。但这个雕像你必须接管！

克努岑并没有回答，而是掏出怀表。他必须把它贴近眼睛，现在教堂已经变得那么暗。差一刻五点，然后他说。是时候了！五点钟，"宝丽娜"启航。他看一眼格雷戈尔和神父，然后说：你们大可放心！

他转身走了。当他差不多走到大门口时，格雷戈尔在后面对他喊了声：克努岑同志！

克努岑没有回答。他戴上水手帽，打开门。外面比教堂亮。他停顿片刻并想：好了，完事了。然后，他迅速地走了。

他的妻子有那么点神经错乱，神父说。他非常依恋她。

沉默，然后他说：我没有其他办法，只能烧了这雕像。我不会让它落入那些人手中的。

别担心，格雷戈尔说，克努岑会将它带到瑞典的。

克努岑？神父吃惊地问。您会失望的。

格雷戈尔没有回答。您听我说，他开始解释，我们现在一起出去，您锁上门，然后，您悄悄地将大门钥匙交给我。我们午夜时在教堂见面并一起把雕像取下。您带上一条毯子和两条绳子，以便我们将它包扎好！

然后呢？

然后我拿着它。

但克努岑早就离开了。

我们等着瞧，格雷戈尔不动声色地说。

赫兰德不敢相信地摇着头。不过，我应该试一下，他同时对自己说。这个人给人一种奇怪的安全感。如果这个奇怪的人能救我的雕像，这将是稀奇的事。这几乎是一个奇迹。

策略，他突然问，难道这真的只是贵党的策略吗？

当然，格雷戈尔说，这是策略。一个新的策略是一种奇迹。这将改变一切。

一个难以理解且并不那么令人满意的回答，神父想。

但他突然看到格雷戈尔的手。它放在了"读书的修道院学生"的肩上；那手轻柔而兄弟般地放在了木雕上。

少年

　　把帆脚索扎紧，起风了，克努岑说，而少年想：我们最好有更多的风，而在这海岸边的渔场，我们从来没有过真正的危险。即使是有那么点担惊受怕，渔民就即刻回到岸上，到船不会发生一丁点危险的地方。最后一个出事的是父亲。一艘船会发生什么，只有当它在大海上，而且风必须大于9级的时候才知道。但他们也不会去大海，如果有7级大风，他们早就调转方向，回到岸上了。

尤迪特 § 格雷戈尔 § 克努岑

一个犹太人，格雷戈尔想，这是一个犹太人啊。她来雷里克干什么呢？他看到尤迪特站在人群中，他们正看着瑞典的轮船抛锚靠岸。没有人注意到尤迪特，虽然北方小港口的人通常很注意别人，但格雷戈尔能看得出，她不是这儿的人。没有人与她说话，她是外地人，一个来雷里克的年轻的外地人，带着一张不常见的面孔。格雷戈尔立即识别出这种面孔，这是那种年轻的犹太人面孔，他经常在柏林、莫斯科的青年团里见到。此外，这也是与格雷戈尔能想起的面孔有区别的，是一张无法定义和描述的面孔。

黑暗已经降临，尤其是海已经完全黑暗，它不再是蓝色的，冰冷的，只有在西面还有一丝黄色的光。码头上，挂在电线上的巨大的聚光灯被点亮。当格雷戈尔向海面望去，他能看到远处有规律地闪烁着的灯塔。轮船的船尾缓缓地靠近码头，"克里斯蒂娜－卡尔玛"，格雷戈尔读道。灯照亮了码头，也给船罩上一层白垩色的光。有时灯在电线上摇摇晃晃，因为气流不如下午那样平静，从海港那边吹来的强劲的小阵风刮过广场，在阵风中格雷戈尔看见少女黑色的头发，在她的脸上像一层面纱轻轻飘动。

至少现在港口活跃了起来。克努岑，站在"宝丽娜"的甲板上，不满地看着第一条捕鱼的船回来，那些已经点亮了桅杆顶上的灯的船，一条、两条、三四条黑色的小船叮叮当当地驶入港口，它们中也有克罗格的"雷里克63"，克努岑变得紧张起来，因为他知道，当克罗格停泊好他的船后会向他走来并追问他，为什么他现在才准备出海。扎紧了，他对少年说，少年正在将最后一根桅杆的绳索扎紧，是时候了，我们要离开。他自己正在收紧大桅杆的帆脚索，因为他知道，如果缆绳没有扎紧，那么圆木桅杆在暴风中会立刻开始前后摇晃。今天什么事都让克努岑觉得不满意，他发现，他原本计划好的启航时间已经过了半小时，现在是五点半了，越来越多的人从家中和街道上走到码头广场来看返航的渔船；那些与渔船有关的人，和无所事事的人，港口的水也不平静，它重重地打在码头围墙上，以致"宝丽娜"剧烈摇动，差点脱了缆绳。克努岑看了看瑞典人靠岸的地方，因为他知道，格雷戈尔站在那里。克努岑从尼古拉胡同出来穿过广场，到船靠岸的地方去时，立即注意到了他。这也让克努岑生气，尤其是这事让他气恼。这家伙没有逃走，他想，他还在这儿转悠，他到底有什么目的？他不会是想象着瑞典人会把他带走吧，不会那么简单，他们可不想惹麻烦，他们有船舶公司的明文规定。

第三个人，格雷戈尔想，观察着那个少女，第三个想要逃走的人。起初只是我，后来又加上了"读书的修道院学生"，现在要加上她。一个可爱的国家——这儿的人排队站在外国船前等待着离开。他望着繁忙的广场：不，这些人都不想离开，很多人可能并不满意，但他们不会有想要离开的念头。甚至克努岑也不想离开，即使他在这儿有危险。格雷戈尔看到克努岑在甲板上忙着做事，黑暗中他并不能完全看清楚他，但他知道，这个不太清晰的人影是克努岑，也就是说克努岑还没有开溜，而是正生着闷气并注视着格雷戈尔。他想留下，格雷戈尔想，他们都想留下。只有我们三个人想离开——我、"读书的修道院学生"、少女。但是，他突然想，我和他们两个人之间也有区别。我是想离开，而他们是必须离开。尽管我可能也有危险，如集中营，如死亡，但我还是能自己决定是留下还是走。我可以选择：逃亡或受难。但他们没有选择：他们是被抛弃的。

尤迪特看着船横向面渐渐靠近码头的围墙，她听见螺旋桨停止运转前发出的水漩声，以及猛然出现的寂静。在这寂静中她突然听到的呼唤——声音、命令、向着夜间和探照灯的光线中的叫喊——这些呼唤只是为了将缆绳在铁圈上扎紧，她注意到舷梯从舷栏杆被推到码头围墙上。她注意到已经非常破旧和使用过度的小轮船，它那被马马虎虎涂上的，在光线中很刺眼的大块红油漆——船舶公司不再花钱在粉刷上，她注意到甲板上的木板也已肮脏成灰色，包着的黄铜暗无光泽。在这艘船上，长官与船员没有区别，尤迪特看见舷梯上有两名男子站着，一个是年长，但个子不高、肥胖的男人，另一个是高大、年轻的人，但他们都穿着皮夹克并戴着水手帽，就像站在舷栏杆准备下船的其他人一样。这么说，在这艘船上是没有长官的，尤迪特想，没有我可以去询问的受过教育的人；她想象中受过教育的人是生动海报上穿着蓝色制服的优雅海军官员，袖子上有金色的镶条，以高贵的骑士风度默默地承担起保护一位女士的任务。她把这幅画抹去。有穿皮夹克的人，而人必须给他们钱。没有希望了，她想，我根本不会做这样的事，我这一生还从来没有给任何人塞过钱，我肯定会把事搞砸。

有两名警察正穿过广场走向码头，他们身穿绿色制服，黑色靴子擦得铮亮。格雷戈尔注意到尤迪特脸上的恐惧，当她看见那两人的时候，她慢慢地、紧张地退出码头灯的光圈。她不懂，格雷戈尔想，她不知道，绿色是没有危险的，危险的是那些人。还有，危险的是这里假装没有看见陌生人的人，其实他们看到了陌生人，而且还观察着他们，即使并不盯着他们，像南方港口的人们做的那样。危险是此后他们的对话，当他们私下里在自己家中时断时续地说半句："你看见那个女的了吗？"那种几乎是挖苦的惊奇，神秘的谣传，平地升天地在雷里克的塔楼飘荡，并传到那些人的耳中。格雷戈尔仔细观察站在码头上的人群，看看是否有秘密警察的密探混在中间。这是他常常受到他的同志们称赞的才能之一，他能在一百个人中确切地找出警察的线人。这样的人渣，很容易被他认出来，他有这眼力。这儿，在雷里克的码头，空气还是纯的，他确信。他们忽视了雷里克，他想，不过他们忽视这儿，是因为他们知道，没有人可以从这儿逃亡。他真希望这时能走到站在灯光边缘的少女身边，并向她解释，雷里克并不是适合逃亡的地方。这瑞典的船，可怜的老瑞典船并不会把她带走，也不会把任何人带走，这是一条胆小怕事的老轮船，它是特别守法的，人们可以看出这点。这条船上有一种绝望的东西，它不会再冒更多的险，这是肯定的，它不会为一个年轻的穿着浅色风衣的黑发少女，为一个美丽、娇嫩、罕见的不同类的陌生面孔，为一个在精致剪裁的风衣上飘扬着发丝的被抛弃的人冒更多险。

此时，克努岑已经看不到格雷戈尔了，因为现在码头上有很多人，他们把格雷戈尔遮住，时而出现，转瞬间又消失。他自己也在走动，克努岑在不同的位置看到夹着自行车裤管夹的灰色套装，但他也在照亮瑞典轮船的到来的刺眼灯光的光圈中走动。他在那里想要得到什么，克努岑想，马上去请求瑞典人，他简直是疯了？他强迫自已想：

我根本无所谓，这中央委员会来的家伙，他想逃，不再关我的事。再没有什么事与我有关。他看见那边贝尔塔走出屋子往船这边来。她双臂托着两大筐为路上准备的食品。她走到甲板上放下筐，克努岑看到她把一切都准备好了：灌着咖啡的暖水瓶、盛着汤的罐子、三明治面包，到后天晚上所需的必需品，为一个用一张拖网捕鳕鱼的两天的航程，一个男人和一个少年的工作量。他用手抚摸着她的手臂，和她闪亮的金发，他还注意到，她在寒风中瑟瑟发抖。回家去，克努岑说，我马上要启程。她温柔地对他笑着说：可我还想给你讲一个笑话。不，现在不行，克努岑回答并把她朝码头方向推。她在上面站了一会儿，并温柔地朝下面看着他，但她的眼中包含着悲伤和无助的神情，而且她的整个身体似乎被一种痉挛的紧张包围着。那就讲吧，克努岑说，于是她讲了她的笑话，然后她回了家并在家门口再次向克努岑挥了挥手。我不能离开，克努岑想，看着贝尔塔，如果我不在的话，她将如何生活？

格雷戈尔摸了下他的口袋，以确认钥匙还在他这儿，格奥根教堂的钥匙。他想起他的自行车还一直靠在神父寓所的墙上。我早就可以走脱了，他想，如果我没有拿着这把钥匙的话，但他并不后悔拿了它。直到现在并没有可以逃脱的可能性，所以他同样可以在完成了那雕像的事之后再骑车离开。他的口袋里有伪造精良的证件和足够的钱，可以度过一段时间。他知道，他看起来并不显眼，一个瘦小的男青年，比中等身材略微矮一点，灰色西装和深色的头发，一个到处都可以见到的人。他会继续骑车，明天或者甚至是今天晚上，向西。在埃姆斯兰地区有几条极其保险的通道，他要找到它们。他还是觉得自己受到威胁，他还一直想着要逃走，但突然他觉得这一切都还有足够的时间，危险似乎在这一刻停止了，在逃离的过程中插入进一个中场休息。在这危险的一天，在这寒冷的、无色的、十月末的一天中发生了仿佛是被涂上一层彩釉的奇怪事件，雷里克的红色塔楼，对塔拉索夫卡的金色盾牌的记忆，一名年轻的读书男子的身影。最后还有这年轻的姑娘。空虚的一天被填满：以怪物的眼睛，这眼睛凝视着永恒的蓝色海洋，以他对教条的第一次背叛，以不信神的棕色冷静的"读书人"，以苍白面颊上的黑色头发。他突然意识到此时他忘记了党，而且他自由了，被那些根本不能抓住的东西解放出来：塔和沉着冷静，黑发和背叛。它们比党强大。是它们，而不是党，将他已经准备逃亡的脚拉了回来，使得他现在漫无目的、几乎是游玩般在雷里克的港口闲逛，像一只专注的灰色鸟围着这少女旋转，钥匙握在手中，一把能将他引向读书的修道院学生的钥匙，并同时观测着是否克努岑在等待或启航。现在已经完全是晚上了，尤迪特想，她退到光圈外的黑暗中，在一个灯光与另一个灯光之间的阴影中，天也很冷，而我不能回酒店，因为我无法出示我的护照。可是我也不能把行李就这样留在上面的房间而消失，这是我所拥有的最后一点东西，其次我也会使自己被怀疑，甚至比我去取箱子然后离开更会被怀疑。更何况还有这种可能性，就是让店主半夜来敲门。然后，他提供给我一个可能的离开这里的方式。他是一个知道所有路线的人。她发现自己不再像先前在餐厅时那样讨厌这前景，或者说：她还是讨厌这前景，但不认为这是完全荒诞和不可思议的。也许当人在逃亡时总是这样的，想要逃跑的姑娘不得不臣服于丑陋的人，她疑虑而又浪漫地想。夜无论怎么说都是可怕、黑暗和寒冷的，港口后面的大海漆黑，在码头刺眼的灯光下大海与天空无法分辨，而岸上的房子下面部分呈现出血红色，上半部因为没有被灯光照射到，而呈现出暗红色，许多人站立的身影在他们躺着的影子边走着，漆黑的阴影在他们的鼻子底下和他们的眼睛中，冰冷的风像一面旗帜在穿过他们，红色的塔楼像一群将被照亮，刺眼、愤怒地直立着的，盲目的和流着血的怪物。假如这儿有一个我认识的人，尤迪特想，我一定不会在这样一个夜晚逃亡，我应该听海泽的建议的。她沮丧地望着旗帜，有黄色十字的蓝色旗帜，它有时在狂风中哗哗响动；它是这儿唯一一件不是血红色、白粉色或阴影般黑的东西。尤迪特看着男人们下船，先是船员们，然后是那两个刚才在舷梯上站着的人，那个年长肥胖的人向城市走去，年轻的那个紧随着船员们，他们走向"维斯马徽章"。有两个人留在了船上，他们看着那些来看船靠岸的人群渐渐走向正在停靠的第一批返回的渔船。这时，尤迪特也朝着这个方向走了几步，但她一直盯着"维斯马徽章"的白色墙壁，瑞典的船员们蜂拥进绿色油漆的门，门在他们身后又关上，门的上方有一盏烟黄色玻璃罩着的灯，"维斯马徽章"立即成了水手们的旅店，也许我可以设法与他们交谈，也许店主会帮我，那个在绿色门后的坏店主，那个有漂亮旅店名字的中国人，但我更愿意瑞典的水手们帮我，尤迪特想，她感到冷，她慢慢地走向白色房子。她想要去冒险，格雷戈尔想。她设想瑞典人会帮她，那么她就有机会能让他们带走她。这机会是1比99，他想。不，他纠正自己，我们应该说10比90。也有这种可能，那个将与她有关系的人政治上没有问题，也许还是一个好人，他也想有那么一次能在严重的事情中认真一回。像这样的姑娘是可遇而不可求的，人们能想象，这也许会成功，假如她碰到一位真正的小伙子。而如果她碰到他，格雷戈尔……——他忽然开始意识到自己的兴奋，他感受到了烈火，他发现，尽管他的激动与那个读书的年轻人联系在一起，那读书的修道院学生同志，他现在已经这样称呼他了。从他看到他的那一刻起，他已经陷入了激动，过分的、寄予期望的激动中。这与七八年前是同样的感觉，当他发现党的时候，党和革命。现在，又来了这个姑娘。他感觉到一张关系网正在张开，在教堂的家伙和少女，还有他，格雷戈尔之间的网。而只有唯一的一个人可以撒网：克努岑。如果克努岑不等他们，历险将化为灰烬。如果他逃避，网将被撕碎。他应该走过去，并告诉他吗？"宝丽娜"还一直在那边，而且格雷戈尔看见克努岑正在卷钢丝绳。这是锚的钢丝绳吗？不，格雷戈尔知道那些港口的船并不抛锚，它们只是在码头边用绳索扎紧。他现在没有时间照顾到克努岑。另外，他也知道，现在再去与克努岑说话将是一个错误。一定会顺利的，不必再多说一个字。亲爱的上帝，他祈祷，请让克努岑留下！在某些时刻，在紧要关头，格雷戈尔总是会祈祷。他并不多想，这念头自然而至。然后他弯下腰去，拿下了裤管上的夹子，在他进入小旅店之前。他把夹子放进口袋，它们轻轻地擦碰到教堂的钥匙。

而克努岑正在忙碌着的，真是锚的钢丝绳。他把它准备好，以便到外面可以抛锚。最近一段时间海上一直起微风，他必须把船固定住，如果他下了拖网的话。而现在，他真的看见克罗格向他走来，大个子克罗格，从前的克罗格同志，男人中的一头牛，克罗格自然是从远处就向他喊：啊呀，你怎么没有跟着一起出海，在浅水湾有很多鳕鱼。克努岑叫他走近一些，他注意到，在码头上三三两两站着的人们想听他们的对话，然后他轻声对克罗格说：我病了。胆囊。但克罗格大声叫道：你，生病！

你这混蛋，克努岑说，再叫得响一点，如果你行！

你怎么了，出什么事了？克罗格呆呆地盯着他问。是贝尔塔怎么了吗？他犹犹豫豫地跟了一句。

贝尔塔会出什么事吗？克努岑恼火地反问。贝尔塔什么事都没有。是我病了。

克罗格怀疑地看着他。他猜到了什么，克努岑想，他虽然是个笨蛋，但因为他在党内工作了很长时间，不可能不怀疑一切。

好吧，克罗格说，那么你就是生病了。但我还是会出海的，即使我病得很重。因为鳕鱼……

是，是，我马上就要出海了，克努岑打断他。克罗格顺着他的视线望去，但他没有看出什么他感兴趣的。

祝你鱼满舱，说完，他走了。克努岑把他的视线从"维斯马徽章"的绿色移开，望着克罗格离去。那笨蛋，他想，克罗格不再想与党有任何关系。而我，我比他更好吗？是不是我从今天下午起不再是一条沉默的鱼了？他充满仇恨地想着格雷戈尔。那个从中央委员会来的人，那个想逃跑的人，他想，他让我成为一条沉默的鱼。变成像克罗格一样的笨蛋。然后，他还是留下了，克努岑思索着。他甚至还没走。真的是因为那尊神像吗？还是因为他认为他能跟着瑞典人离开？还是跟着我吗？我会在布雷格福特那里告发他是逃兵，克努岑想。但我自己也是逃兵。我已经向格雷戈尔坦白了。

要我收缆绳吗，少年问，我们开船吗，船长？

不，克努岑说。我还有事。你可以回家。我过会儿去叫你。

少年

　　他慢慢地还是开始感到惊讶了。那渔夫怎么了，他想，别人都已经回来了，而他却再三推迟出海。三天来他一直推迟出海的时间。三天来他一直在港口停着，尽管外面有鳕鱼。不过，我可以接受啊，少年想，我再去一次我的秘密据点吧。但在他离开码头之前，他走到了瑞典人那里。如果没有证件，他想，我可以问他们，是否还需要一个人。从前这样的事是有可能的，少年想，如果书中说的从前的故事是真的，当时只要一个少年不想待在家里了就能离开。但如今，瑞典人像其他船一样，对船员进行登记，并到港务局备案。而港务局的人如果在船员名单上发现他的名字，他们会马上把他拿下来。少年观察着是否有可能当偷渡客。但是，当然他们会派两个男人站在甲板上值班，而船又太小，走上去一定会被发现。

尤迪特

　　店主直到现在还没有再提起护照的事，虽然她出去了一段时间。她甚至先回了她的房间，想试探一下他是否还记得这事，如果她又下楼的话。但他什么也没有说，他甚至不看她一眼。不过，他也正忙着招呼那些瑞典人，尽管他们只有七八个人，但他们几乎占据了整个小餐厅——时值深秋，大餐厅不开门——，他们中有三个人站在酒吧里，另外几个坐在尤迪特对面的桌子旁，他们中还有那高个子、年轻的那个，尤迪特在舷梯上看见过他。他们面前放着啤酒瓶和杯子，还有大杯的像水一样清澈的白兰地。他们坐在那张桌子边，它的上方，墙上，挂着一张那些人的领袖的照片，但他们似乎对这卑鄙的、丧失灵魂的混蛋的脸根本不关心，这并不是出于无礼，而是因为他们对此根本不感兴趣，显然他们已经习惯了，因为他们经常到德国港口，他们一点都不惊讶，对他们来说这只不过是一个国家特色，与赫尔河畔酒吧的健力士广告，或代尔夫泽尔的港务局内的女王肖像一样。前景不好，尤迪特想，如果他们能那么轻易地在这张脸下坐下来，而并未感到不适。收音机里播放着进行曲和流行歌曲，并时不时被播音员的声音打断。在靠窗的长桌一边坐着几个当地人，窗被蓝色图案的窗帘遮掩着，一个胖胖的、小个子、深色头发的姑娘给他们送上啤酒，但他们不是渔民，而是城市里的小资本家、商人。在这张桌子的另一边，跟他们分开坐着的，是一名穿灰色西装的男青年，也许是外地人，他正吃着"农家早餐"，一种有炸土豆、鸡蛋和肉的菜。至少还有一个女服务员在这儿，尤迪特想，否则在这里我是唯一的女性。如果妈妈在这里的话，我会感到很安全，妈妈有一种奇特的安全的方式与所有人交往，此时她又想起那双死后依然那么自信、纤细的手，伸展着，搁在茶杯边上，那样镇静。

她又看见白色灯笼般的脸在柜台后面晃动；在烟灰黄色玻璃吊灯发出的日光下，他的脸比白天更像幽灵。他正与三个站在柜台边的瑞典人说话，混杂着德语、英语和瑞典语。尤迪特试图听出一些关于船的话，但她没有听清楚，无线电的音乐声太大。女服务员来到她的桌子前，她点了一份煎蛋卷和一杯茶。我不要吃东西，她想，假如我必须吃东西的话，会觉得恶心。

她隐约觉得桌子对面的瑞典人正观察着她，尽管她没有直接看他们。他们坐在椅子上，并没有互相交谈，只是抽烟，还用非常标准和认真的动作轮换喝着啤酒和白兰地。小个子女服务员不得不经常来给他们换杯子。

此刻，在她又回到"维斯马徽章"之后，尤迪特才又意识到店主看她的目光。她试图回应这目光，但她不知如何是好；她害羞地垂下眼睛。唯有那几个当地人不注意她，他们自顾自交谈。是否那穿灰色西装的男青年在注意她，她并不能确定；他正边吃饭边读着报纸。

店主走进厨房，过了一会儿他亲自给她送来煎蛋卷和一杯淡淡的、茶叶稀少的茶。他在餐厅扮演一个给尊贵客人敬茶的人；现在所有的人都朝她看了过来。

您去散了很长时间的步，他说，您喜欢这个城市吗？

我只是在门外，尤迪特答，您是一直都能看到我的。

我不应该这么说的，她想，这听起来好像是我给他监控我的权利。漂亮的海港，她急忙补充道。

您早就该来看看这港口，店主说。以前我们这儿可热闹了。他说了些什么，尤迪特想，我根本没有在听。我一会儿马上给您送来护照，她说，我刚才在楼上的时候，没有想到这事。又是一个错误，她同时想，我又犯了一个错误。

是啊，店主说，我差点忘了这事。您还必须把护照给我。

简直不能看他的样子。他好恶心，她想。她看着自己的餐盘，又看着他的肚子，只见那在旧的棕色西装掩饰下、圆鼓鼓令人作呕的肚子，在她的桌子边越来越大。那么这种可能性是绝对不存在的，她想，那个我刚才在外面的港口所思考的，怪物的敲门，深夜，在走廊上深夜浪漫的怪物脚步，没有浪漫，一切都是丑恶的，一切，一切，一切。不过，这个想法给了她自卫的力量。我必须拦住他，她想，然后她开始一个新的尝试。

最糟糕的情况也就是您必须把我叫醒，她调皮地说，似乎是回到小女孩的样子，只要她愿意，她总是能成功的。说这话时，她看着他的脸。他的眼睛已经眯成了一条缝。

您说了算，他说。但今天晚上可能会到很晚。他用肩膀指指瑞典人：他们会在这儿待很长时间的。

可以看得出他在想什么。在他眼里我是一个漂亮活泼的姑娘，尤迪特想，一个漂亮活泼的坏姑娘。

在我睡觉前我会把护照送下来，她说。

您说了算，他重复道，甚至是相当热情的。不过，假如要去把您叫醒，对我来说也没关系。他是那种很关心人的人，他们会不厌其烦地重申他们的承诺。他又回到了柜台后面。

现在我总算摆脱了他，可以安静一会儿了，尤迪特想。一直到他来敲门。或者到我偷偷地溜出门去。这儿一定会有一个后门的。但是，我又该去哪里呢？而且我也不能拿着我的箱子。最迟明天早晨，他们会抓到我，在雷里克的某条街道或周围的小火车站，一个拿着手提包的少女，里面有很多钱和一本护照，上面有一个很大的红印章：犹太人。她环顾四周。现在已经没有人注意看她了。

店主最后与她说话时声音很轻，那种神秘默许的声调，他们间几乎不可能理解对方。尤迪特胡乱叉着煎蛋卷。她听到播音员的声音：现在我们播放有声电影《祖国》中的一首歌曲，演唱者莎拉·利安德。

随即音乐响了起来。尤迪特看到瑞典人第一次互相对望着。然后，他们又目不斜视，但眼神中不再昏昏沉沉，而是有凝视、尴尬和受到调戏的眼神，当歌手开始唱：人们叫我简小姐，著名的、为人熟知的，是的，先生……

尤迪特一度被这美妙的声音迷住，这低沉、嘲讽的声音，这流行歌曲的优美旋律摇曳：……叔叔和阿姨不太喜欢，不，她……她并没有注意到一个瑞典船员在吐唾沫，并大声招呼再要一瓶啤酒，以及那穿灰色衣服的小伙子抬起头来不再看报纸，并朝瑞典人那边张望。

女服务员将一杯白兰地放在她的面前，正在听音乐的她被打断了。

我没有点这个，尤迪特说。

这是那边的先生送的，女服务员答，指着坐在瑞典人那桌的那个高大的年轻人。

我必须拒绝它，尤迪特想。她不由自主地向柜台方向望去——当然，店主观察着她。但这也许是一个机会，她迅速思考着，一个唯一与那条船搭上关系的机会。而且也正是我想要的。现在那声音正唱着副歌：……而我还是我自己……当尤迪特还在思考她应该怎么做的时候，她看见那年轻的瑞典人站起来并向她走过来……是的，这就是我，今后也这样，是的，先生……这时，副歌以凯旋和惆怅的情绪结束。紧跟着的只是乐器的旋律。

那个男人已经站在她的桌旁，一个高个子男人，金发。他有一张诚实正直的脸，尤迪特想，淳朴大方不老练的脸庞。他已有几分醉意。她听见他不好意思地说：我送的……

她用英语对他说：谢谢您的好意。但我不喝这个。

哦，他沮丧地说，但同时也高兴她跟他说英语。您不喝酒吗？他也用英语问，显然他说英语比说德文来得轻松自如。他用手指推了一下杯子，酒杯倒了，酒洒到桌布上，很快被吸收。

女歌手又开始唱歌。店主走过来。请您坐下，他生气地用瑞典语说。请您不要打扰这位女士！那瑞典人根本不理睬他。他至少已经喝了半打白兰地。当店主拿起桌布擦干桌子时，他一直平静地站着。

您想喝威士忌吗？水手问。这是极其尴尬的，尤迪特想，甚至那桌当地人也朝她看了过来。但我别无选择。

她点头。威士忌是一样很好的东西，她说。威士忌真的是很好的，她想。我喜欢喝威士忌。她又片刻沉浸在低沉的歌声中，这嘲讽献媚的歌曲……他们担心，我会见到叔叔、侄子，歌声唱着，在游戏厅或床上……必须是深金黄色的苏格兰威士忌，尤迪特想，温和、强烈，有黑麦味的干威士忌。爸爸一直藏着几瓶，有时他也允许我抿几口。这酒闻着有黑麦味道，他总是说，你感觉到了吗？有黑麦、苏格兰、海风和很古老的木桶的味道。她当时还是一个小女孩，当年，她看着酒杯，杯中流动着金黄色黑麦酒，带浅蓝色裂缝的冰块在酒中渐渐融化。

跟我走，她听见瑞典人说，我们船上有纯正的苏格兰威士忌。我请您喝。餐厅里此时死一般安静。只有那歌声还在继续。

您听好了，店主说，您不能这样做！在我的店里，不许您纠缠女士。

那瑞典人第一次看他。你的狗屎饭店关我屁事，他说。

店主抓住他的手臂。你这喝醉的猪，他说。围坐在桌边的水手们慢慢站起来。但店主勇气十足。他没有放开自己抓住金发高个子的手臂。你这喝醉的猪，现在付你喝的酒钱，然后立马消失，他说。

尤迪特站起来。我跟你走，她说，我很想品尝您的威士忌。

流行歌曲又一次响起，继而消失。不知是谁关掉了收音机。金发瑞典人举起他的另一个空着的手臂，并把它放在被店主抓着的手臂的手腕上。希望他们别打架，尤迪特想。如果打起群架，那么警察随后就会到，然后所有人都会被查个底朝天。

但店主还是放开了他的手臂。您可真是一个可爱的轻浮女子，他用德语对尤迪特说。她的脸色变得苍白。瑞典人没有听懂店主对尤迪特说的话，但他揣摩出店主在骂她。听着，他说，这姑娘可以做任何一件她想做的事，假如你还不闭嘴的话……

尤迪特从桌子后面走到前面，拉他的手臂。您别管他，她说。但很明显，那瑞典人和他的同伴们现在就是想要打一架。就在这一刻，那个不起眼的年轻小伙子来解围了，他叫了一声店主。他用清晰的声音打破沉默，紧张的气氛即刻被缓解。店主走出围成的半圆，并朝他走去。

您过来，尤迪特对那瑞典人说，我们要走了。她从墙上取下她的大衣。瑞典人在转向她之前，还气愤地看了一眼店主。

您还有空的房间吗，她听到不起眼的年轻小伙子问。

您可以用那个人的房间，店主说。她被赶走了。像她这样的人我这儿不留。他对着当地人的那张桌子说，他们点着头。小姐，他喊住尤迪特，您现在就可以把您的行李带走。您只需付您的晚餐，滚吧！尤迪特犹豫不决地站着。这将是最好的解决办法，她想。这是解决护照问题的最佳途径。但我现在并不能去取我的箱子，也不能提着我的箱子跟瑞典人到船上去。那个没有听懂话的瑞典人，给了她一个回答。他把钱扔到柜台上，并把她推向门口。我还应该带上我的箱子，尤迪特想，也许我不会再回来，但如果我能留在船上，也许可以请一个水手帮我来取箱子。她看清店主既愤怒又要偷看一眼瑞典人留下的纸币面值的眼神，旅馆的烟黄色灯光再一次照着她，双向摆动门吱吱作响，她感觉到瑞典人抓住了她的手臂便挣脱起来，瑞典人松开了她的手臂。

外面，码头冰冷的灯还一直亮着，白色的光圈在黑夜的包围中。大多数人都已回家去，只有少数人还在船边转悠。

一个坏人，瑞典人用德语说。他试图找些话来打破他们间突然出现的沉默。他并不能确认店主是否真的是一个坏男人，尤迪特想。只要他还有那么点醉意，他会欺骗自己。但是，当他清醒过来，他会想起"轻浮女子"这个词。他一定会猜出它的意思。"轻浮女子"的瑞典语是怎么说的呢？英文是什么呢？假如我知道"轻浮女子"的瑞典语或英语，我可以问他，他是否也认为我是一个轻浮女子。而现在我只能让他自己去想，我到底是怎样的一个人。一个姑娘，如果她跟着陌生男人上船，因为他要请她喝威士忌，那地就是个轻浮女子。

店主变得卑鄙粗鲁了，因为他看上我了，她解释说。天哪，当她与群架中的胜者离开的时候，她几乎惊诧地想，这不就是一句港口妓女常用的托词嘛，人进入角色是如何之快！昨天还与妈妈在我们汉堡的别墅，早餐瓷餐具和晚秋的大丽花，而今天已经有了像一个妓女的语言。瑞典人似乎到了室外就已经清醒了大半。他走路不摇晃了，规矩而沉默地走在她的身边，还小心地领着她走过舷梯到了甲板上。

她转过身问：您是船长吗？

不是，他说，并没有笑，我是舵手。他领她到一个贴着棕色镶板的船舱，那是旧的、颜色已经变得暗淡的红木镶板。

这是船长的餐厅和休息室，他解释说。他邀请她在几乎占据了整个房间的宽大的棕色桌子前坐下。

突然，尤迪特感觉到他的尴尬。他很尴尬，她想，尴尬和清醒。他是一个体面的年轻舵手，而我接受了他的邀请，让他觉得不好意思。刚才在上面的甲板上，走过两个船员身边上时，他低着头。

我要拿威士忌，他说。就在那里。他指着角落里的一个柜子。厨师那里有钥匙。

他走了出去。尤迪特等待的时候，她想到了他那张诚实的脸。他的诚实、不老练的脸。他回来了。厨师并没有钥匙，他说，船长把它带走了。而他已经上岸了。

他掏出一串钥匙并试了挂在上面的几把小钥匙。无济于事，尤迪特想，柜子有一把安全锁。她观察到这个年轻人的脸逐渐变得暗红。她以冷漠的关注观察着他。他摇摇头又走了出去。尤迪特静静地坐在微小、棕色、灯光昏暗的房间里。时而能听到水扑打在船体壁的晃动声，和风穿过船时的呼啸声。过了一会儿，尤迪特看了看手表，自从她坐到这儿大概已经过去了一刻钟。这很显然，她想，他要摆脱我。我应该离开。他一定是突然惧怕自己的勇气了，惧怕他在酒馆的勇气，惧怕他在酒馆时的欲望，他没有想到，这事来得如此容易，但这真的很容易，我是一个轻浮的姑娘，只是现在他对这事觉得不好意思了，他实际上是一个从规矩家庭出来的诚实的年轻人。还有，这个柜子的事情让他感到尴尬，他在我面前出了洋相，他没有再回来，他现在一定是在什么地方等着我明白后自己离开。如果妈妈现在处在我的位置，她会怎样做呢，她自问，但她找不到答案。也有妈妈都不会想到的情况，虽然妈妈是自信的大家闺秀，但她也是浪漫的，她要尤迪特到雷里克来，但雷里克不是浪漫的。在这里你会长大，你会在这里很快成为轻浮的女子，并学会无情地观察，却依旧无奈无助，这是一个快速的跳跃，从乔治娜别墅，从精致的、下毒自杀的别墅，到一个在街上游荡的女子，逃亡的轻浮女子。

他还是没有回来，当她绝望地思考的时候，又过了一会儿，她听见有两个声音在门外轻声说话，警察，她惊恐地想，不过后来知道还是那位舵手，他走了进来。他的态度是目中无人和傲慢的，手中有一个瓶子。

厨师只有这个，他粗暴地说。他把瓶子和一个杯子放在桌上。他显然是决定藐视地对待尤迪特。他甚至没有表示歉意，她想。她忽然间又回到了她曾经的样子：一个来自汉堡别墅的年轻女士。

您让我久等了，她说。

他立刻意识到了。但他并没有给出一个答复，而是说：您必须离开。如果船长来……他的声音微弱，他放弃了，他的声音中带着苦闷。

您不喝吗？尤迪特问。没有什么可多说的；她会聊天。

他摇了摇头。他把杯子倒满。尤迪特抿了一口。这是柠檬水。

船长带走了钥匙，他抑郁地说。

116

尤迪特猛然大笑起来。她生硬地噗嗤而笑。船长把钥匙放在他的口袋里了，那把能够让她逃离死亡的钥匙。但船长已经上岸。她的笑声升起，仿佛是她面前的这杯绿色瓶子中的二氧化碳产生的气泡。她读着商标。上面写着"药剂师的柠檬水"。药剂师的柠檬水，她笑那瓶药剂师的柠檬水，她爽朗地笑它，她几乎是在为它欢呼，而突然她又意识到自己是在哭它，她抽泣着站起身，从那舵手身边走过，从那诚实、不成熟、不善解人意、一脸尴尬的人的身边走过，离开了船舱。

少年

他悄悄地走进特雷讷河边的老制革厂。在黑暗中，他谨慎地摸索着走上狭窄的楼梯。他能闻到楼梯上和房子里散落的灰尘，房间的门被挂在铰链上或者已经被打破。屋顶上的储藏室里有灰色光，它是通过一个没有玻璃的大窗和从房顶的缝隙照射进来的，垫在木条上的瓦片已经开始松动。这样正好有足够的光线，让少年可以看到一切，但即使天很黑很黑，他也没有问题，因为他对储藏室的了解就如同对他的裤子口袋一样。在一个顶部还完好无损的角落，他为自己搭建了一个藏身处，那是一堆箱子和箱子后面的稻草及麻袋，上面还铺着一条旧毛毯，他可以躺在毯子上读书和休息，甚至在晚上，他试过的，外面的人也看不见里面的蜡烛或手电筒的光，他把这儿的障碍搭建得如此之好。从来没有人来过这储藏室，这间老制革厂也已经有好几年想要被卖掉，但没有人对它感兴趣，少年从春天开始，只要一能离开家，就住在这上面。

他走到他的躲藏处，躺下，掏出一根蜡烛并把它点燃。然后，他从口袋里拿出《哈克贝利·芬历险记》并开始阅读。过了一会儿他停了下来，思索着，假如冬天储藏室太冷，他该怎么办。我必须给我自己准备一个睡袋，他想，但突然他又知道自己很快就不会再来这儿了。他抬起木板，下面有他藏着的书，它们在那里，而他望着这些书时，第一次产生了怀疑。他有《汤姆·索亚历险记》《金银岛》《白鲸记》《斯科特船长的最后旅途》《雾都孤儿》以及几本卡尔·迈的书，他想：这些书是超级精彩的，但一切都不是像书中写的那样，现在的日子已经完全不同了，书里面说哈克如何轻而易举地跑走，以实玛利又是如何被雇用，而他却连起码的证明都没有，如今这是绝对不可能的，人们必须有证件和同意书，如果有人真的逃走了，他也会很快被抓获。不过，他想，人必须能走出去，假如你为了能看到外面的世界，得等上好几年，而且即使是到了那个时候，也依然是个未知数，这是不能忍受的。他拿出一张地图，并把它展开，他一下就看见了印度洋，而且他读到了几个名字，像"孟加拉"和"吉大港"以及"科摩林角"和"桑给巴尔"，他想，为什么我还在这世界上，如果我都看不到桑给巴尔、科摩林角、密西西比河、楠塔基特岛和南极。但同时他也知道，他不能再相信这些书，因为他已经认识到人必须要拥有一张证明，他把书和地图再次放回木板下，并把木板放结实，然后，他吹灭蜡烛站了起来。他觉得这个储藏室对他不会再有多少用处，这只是一个藏身的地方，而他需要的不只是一个藏身处，他很快就十六岁了，他意识到，他该与这储藏室和这些书告别了。

少年走到窗前，从那里望出去，可以看见整个城市，他看着灯光中的塔和波罗的海，海像一面没有门的墙。突然，他想出了第三个理由。当他望着雷里克时，他想到了桑给巴尔，哦上帝啊，他想，桑给巴尔、孟加拉、密西西比州和南极。人必须离开雷里克，首先是因为在雷里克什么事情都不发生，其次是因为雷里克杀害了他的父亲，第三是因为有桑给巴尔，远方的桑给巴尔，大海后面的桑给巴尔，桑给巴尔或最后一个理由。

格雷戈尔 § 克努岑

我还要去火车站取我的行李，格雷戈尔对店主说，当尤迪特跟着"克里斯蒂娜"的舵手走出去之后，店主还站在他的桌子边上。店主愁眉苦脸地点点头，然后又回到柜台后面。那几个瑞典人也回到自己的桌子边，默默地、凶猛地继续喝酒。这小酒馆的老板现在也只有让他们自己灌醉的可能，格雷戈尔想。他们一定会烂醉如泥，然后爬着出去——如果他们提前停止喝酒，那么他们会把他的酒馆砸烂。

他站起来，不安地摸摸裤子口袋里的自行车裤管夹，但又及时想起来什么并把它们留在口袋里。店主一定会感到惊讶，如果他注意到他的客人是骑自行车来的，却说行李还放在火车站。人不能做习惯性的动作，格雷戈尔想，习惯性的东西会暴露。他的这个摸自行车裤管夹的动作是在他做视察员的旅行中养成的，当他拿住夹子并把脚踝那里的裤子夹紧时，他会感到安全，仿佛就是把瞄准器放了回去，也许这个动作是唯一一个他发出的求救信号，好几次他承认，只有当他真正感到需要的时候，他才夹上夹子。

他在离开餐厅前，去柜台付了晚餐的钱。在您回来前，我会把那妓女的箱子拿出来，店主说。

她不是妓女，格雷戈尔答。她不过就是一个城市里的女孩，想要体验一番。您给我另外的一个房间吧，他补充说，她一定很快就会回来的，不然她回来之后就不得不到其他房间去了。

在我这儿不行，店主气愤地说。

格雷戈尔耸耸肩走了出去。他知道，他给店主的这贴药，会起一段时间的作用。有必要给这姑娘争取到一点时间，在店主叫警察来盘问她之前。现在店主将会等上一段时间，因为，格雷戈尔察觉到，他对这姑娘非常感兴趣，而到了深夜，则为时已晚，如果他那时去叫睡梦中的海港警察采取任何行动的话。房东将不得不等到明天上午才能

123

报案，假如那女孩今天晚上没有回来，而箱子还在楼上的房间。

等到瑞典人迷迷糊糊离开——这可能会是一点钟、两点钟——这段时间里店主反正不能离开。这之后他才会意识到，我也没有回来，格雷戈尔想。店主将有满腹牢骚和怨气，他明天早晨一定会急不可耐地跑到警察那里报案。但在那一刻之前……在那之前，行动已经到达曲线的顶点。"读书的修道院学生"行动。或者是现在的"犹太少女"行动？无论如何，这将是我的行动，格雷戈尔狂妄自大地想。我将第一次自己领导一个不属于党的行动。这是一件只属于我个人的事情。他一下子觉得自己很光彩荣耀。他心中充满着美好的感觉，自从他见到了那个年轻的修道士、他的同志、读书的人之后，这种感觉就没有离开过他。而且现在这个姑娘也加入了这场游戏，一个相当漂亮、有长长黑发的姑娘。好像一旦人抛弃了党，就又会有浪漫，格雷戈尔想。一次冷酷对付那些人的行动，但却是浪漫的。一位冷峻的浪漫者，一位行动者，他将带着他的雕像穿越红色的塔楼和午夜幽蓝的海，穿越黑色的阵风和背叛的金色田野，他会在有塔拉索夫卡灰尘和雷里克红色的国际象棋棋盘上走他的棋子：读书的修道院学生同志和犹太少女，独腿神父和克努岑，妻子疯了的渔夫。

克努岑看见他从"维斯马徽章"走出来，他看到那年轻的指导员站立了一会儿，然后向他，克努岑，看过来。来吧，克努岑想，干吧，你看见了吧，我留下了。他半小时前又回到"宝丽娜"，但他还是回过一次家，并等到贝尔塔睡着。他一直坐在厨房，过了一段时间，他打开卧室的门，看看贝尔塔是否已经睡熟；一道从打开着的门缝射入的光照在她的身上，让他看出她已睡着；她的金发散开着，落在她裸露的左边肩膀上，还有几缕散在她的脸上，现在，终于，这张脸没有傻笑，但却显出严肃的表情，严肃、内向的表情，为此而分别和改变是值得的。克努岑真想躺在她身边并与她做爱，他们仍然彼此爱着对方，他们还经常做爱，持久而猛烈，还进行长时间诱惑挑逗的交谈，他就可以在这段时间里让她远离疯狂并集中精力在欲望上，但他还是关上了门，关了厨房的灯后走了出去。当他迈着沉重的步子慢慢地走回他的船的时候，他在想我和贝尔塔将来会怎么样，如果我结束了这次航程还能回来的话？只做这一次出海，此后党就不存在了。对我来说。以后只有鱼、船和大海。之后我对做爱是否还有兴趣呢？正是因为这个，我才一直等待着，而没有出海吗，克努岑自问，看着那个自称格雷戈尔的人向船走来。是我故意将与党的告别往后推迟，为了让对生的欲望继续保持一段时间吗？

格雷戈尔看见他坐在船的甲板上，一个黑色模糊的男人轮廓在夜的微亮黑色前，夜用它强大的风将格雷戈尔推向码头。

在洛神岛的灯塔和港口之间已经看不见闪烁的船灯。还没有返回的船，会留在外面过夜。码头上只剩下几个渔民；他们已经卸完货，准备快快回家；几分钟后整个码头也许就会冷清，被丢弃在深邃的黑暗中——弧光灯将熄灭。没有这个光，很难走到克努岑的船。即使它正好在弧光灯的光圈发出的模糊的面纱下停留，这条船仍然晃动在黑暗中，仿佛蒙上了一层绿色铜锈。格雷戈尔并不避开这光线，而是径直走过光圈朝克努岑的小船去。一个飞跃，他跨过跳板。

太好了，你还等着，同志，他对克努岑说。克努岑抽着烟斗。

我他妈的是还等着，他说。

我们如何完成这项工作呢？格雷戈尔问。

好了，克努岑说，我现在开船。我们后半夜在洛神岛碰头。

啊，那我怎么去那里呢？

你沿着公路出城去多伯兰，克努岑解释。你有地图吗？

有，格雷戈尔说。而且我也知道通向多伯兰的那条公路。

好。你在这条路上走二十分钟，到奶牛合作社。之后有一条往右的小道，沿着这条小道只需要十分钟，你就到水边了。我会把我的小船停靠在那里。

你怎么过去？格雷戈尔问。

从外面，从泻湖。那小子会把船划到指定地点，并在那里等你们。

他可靠吗？

不知道，克努岑说。我不知道现在的这些男孩子都想些什么。但我是船长，他是学徒。他不允许提任何问题。

他会提问题，格雷戈尔激烈地想。总有一天他会有问题要问。但他大声说：那好吧，然后呢？

你们一起把我那只小船从泻湖划到洛神岛。你会划船吗？

格雷戈尔点点头。

两个人比一个人划要快些，克努岑说。你们需要三刻钟。你们把那条小船留在泻湖——回来的时候我会去牵。

所以，你是开大鱼船出泻湖，然后在岛的另一边等我们？

没错，克努岑说。我会很正常地绕过灯塔行驶，然后左转并谨慎地靠近海岸。

我怎么能找到你等的地方？

克努岑转过身，望着远方的航标灯。格雷戈尔跟着他的目光看去。

你能看见远处的光是从左边照到岛上的吗？克努岑问。

是的，格雷戈尔答。你是说，我们应该在灯塔和这个光线照到的点之间的死角处穿过岛？

对。岛上有一片小树林。我将把船停靠在树林边缘的左侧，这样大树也可以帮你们遮挡从塔那边看过来的目光。

你策划得很精细，同志，格雷戈尔说。

去掉"同志"这个词！克努岑几乎是威胁地抱怨。

从他靠着的桅杆那里，格雷戈尔对依然坐在箱子上的克努岑说：让我们假装是为党这样做！

渔夫从他的嘴里取下烟斗，吐口痰：不，他说，我不会自欺欺人。

格雷戈尔思考着是否他应该继续展开这个话题。不过，他想，现在最好不要再问什么，不要再谈下去。这次的行动已经演变成每个人自己的事了。不过，他还是控制不住自己。

那你又为什么要参与呢？他问。

克努岑想：因为我不想成为一条死鱼。因为我想拥有对爱的欲望。因为这儿也特别无聊。但他不说这类的话。他反而说：我不参与的话，在神父面前怎么交代？同时他知道，他讲的也有一点是实情。神父和他的神像，他恨恨地补充说。但如果没有别的人可以救他的神像，那就必须我来做。

格雷戈尔点点头，他接受了这个解释，虽然他知道这并不能解释一切，根本不是一切。而现在还有最后一个问题要解决，即自己和克努岑之间的分界线。一块烫手的铁。他并没有马上提出这个问题，而是先问：说说看，在泻湖划船是怎样的——究竟会不会有危险？

如果他猜想到他的这个问题会引起渔夫不屑的微笑，那他是想错了。海上有海关警察的巡逻艇，克努岑实事求是地说。他们有一个非常强的探照灯。如果他们今天不出海巡逻，那就算我们走运了。而如果他们巡逻时没有看见你们，那就是我们的运气太好了。此外，他们也不能在水上抓你们，因为他们必须留在他们的航道上，而你们划船的地方对他们来说水太浅。但如果你们对他们发出的信号不做反应的话。他们当然也会到岛上去抓你们。

这听起来很可怕，格雷戈尔说。我想到那男孩。我们是不是给他带来很多危险？他毕竟与这整件事没有关系。

小船是关键，克努岑说，因此我们需要那小子。我们难道曾经考虑过别人的安危，在我们想做什么的时候？他问。这是为了抵抗那些人，他自己给出了一个答案，义无反顾。他也不会考虑我的安危，格雷戈尔想。然后他说了些严肃的话，关于他们之间的，克努岑对他的厌恶，克努岑对他的背叛的仇恨，两个背叛者间的憎恨，当他们互相抓住对方叛逃的时候，以及他们共同的良心不安，他们的

130

区别。

那么我从岛上又怎样回来呢？他问。用小艇吗？

克努岑站了起来。在他们的谈话过程中他第二次把烟斗从嘴里拿出来。

不，他说，我回来的时候，小船还必须跟着我。它必须留在这里。洛神岛并不是一个真正的岛，他解释，它仅仅是一个长长的半岛。你可以走回去的。

克努岑最后一句话的生硬程度，毁灭了格雷戈尔心中尚未破碎的最后一丝希望。

难道我，他想，到这一刻了，还希望克努岑会说："你可以跟着"这句话吗？对他来说带上我并不费事，对他来说风险不会增加也不会减小。但他拒绝给我提供帮助，因为他不希望走这一步，即从想要脱离到真正脱离，从任务到叛国。他收下了旗帜，但他仔细地折叠并放进他的柜子，而不是背离它。他想与它一起度过冬天，因为他不知道已经降下的旗帜，将永远不会再像从前那样飘扬。当然也有在失败后又辉煌地重新竖起的旗帜。但实质上并没有一面旗帜，人可以把它叠好放进柜子，然后又取出。因此，人们将要升起的旗帜，当那些人不再统治时，将不是一面光荣的旗帜，而是一块又被准许的染色的麻布。我们将生活在一个世界，格雷戈尔想，那里所有的旗帜都已经死亡。以后，在很长一段时间之后，也许会有新的旗帜，真正的旗帜，但我不能确定，他想，没有任何一面旗帜是否会更好。人是否可以生活在一个旗杆上没有旗帜的世界呢？

对这个问题我会以后做出判断，格雷戈尔想，现在我必须首先接受这样的事实，即我没法离开这里。他观察着克努岑，他正开始变得不耐烦，显然是想摆脱他。克努岑不能忍受他，格雷戈尔想，这是明显的，对克努岑来说，我是中央委员会的人，我想要逃脱，而他只是个一般的同志，他不能撤退。克努岑无法逃脱，也许他不得不留在他的疯女人身边，像神父说的那样，也许只是他无法想象他逃跑后该做什么，不知道人要是没有了船，那么他的路将怎样走，生命如何继续。不管出于什么样的原因使得克努岑不能成为他叛逃的帮凶——这些原因一定是针对格雷戈尔的，反对为格雷戈尔的逃亡提供帮助，反对参与一个只为自己的逃亡而计划的人的命运，而且他还傲慢地承认他不再受到约束，他只想为自己，而且他实质上已经是自由的人了。格雷戈尔现在知道克努岑一定会返回，因为克努岑并不想要自由——他想要听天由命、得到平静、坐着和沉默，但不像读书的修道院学生同志那样。他坐着，沉默地读着，但只是为了有一天能站起来并且离开。但这对克努岑来说已经太晚。不，没有太晚。为做重要的事，人永远不会太老。除非某种东西自身已经坏了。克努岑是一个坚强的人。克努岑是一个脆弱的人。格雷戈尔问：我们为什么还要用船，如果能走到你将等我的地方的话？这样，我们就不需要把那男孩牵扯进来。

他至少没有再恳求我带上他，克努岑想。步行你要多花一个小时，他说，而且夜晚你也找不到路。路上还有一些小水道，而且浅滩只有白天才看得见。并且我必须在天还黑的时候开船。

格雷戈尔点点头。他思考着，是否他还要说这最后一件事：我将带着一个人。一个少女。一个犹太少女。你也必须把她送到对面去。但他不知道，克努岑会做什么样的反应。有可能他会简单地说：行。也有可能，救一个少女会使他情绪有所变化，相比于救一件东西，一件被他称为神像的东西。但也有可能他会爆发，出现一个新的人物对他是过分的要求，而这个行动本身也是他勉强答应的，那样对他太复杂、太危险和太不好掌控。然而，如果格雷戈尔现在告诉他，那他就是给了克努岑一个机会，在最后一刻推掉整件事情。风险太大，克努岑可能会退出，假如对他提出更多的要求的话。他必须冒险，将既成的事实摆在克努岑面前。格雷戈尔转身回到码头结实的地上。那就一会儿见，他对克努岑说，他并没有吭声。格雷戈尔沿着码头的围墙走着。这一次，他注意不让自己踏入弧光灯明亮的光圈里。

克努岑把烟斗塞进口袋，打开舱门走进发动机舱。他爬上去检查了油箱里的油量和蓄电池。当他再回到上面时，他看到码头那边少年漫不经心地走来。在他走近一点后他对他说，快点，我们要开船了。也是时候了，船长，少年答。他在"船长"这个词上用了过多的亲切，以致原本调皮的话听上去反而有点恭敬的味道。

他们解开绳索，并灵活地操纵着"宝丽娜"离开码头。然后，克努岑走进驾驶室，开启发动机并打开灯。发动机先是发出几下突突声，然后慢慢地加快速度，最终平稳地发出与它的转数吻合的轻柔踏步般的噗哒、噗哒、噗哒。格雷戈尔从港口的广场那里听到这声音，这声音在宁静中回响，再从房子的外墙弹回而后渐渐消失。这可能会是唯一的一个声音，如果没有不时响起的阵风在街道穿过的呼啸声，警报的尖叫像一阵野兽的吼声在海上消失。

克努岑听见的尖叫声已经是减弱了的，但他还是感觉到阵风的打击，他想：他们今晚划船会很艰难，这小子和那中央委员会的家伙。少年刚刚消失在船舱口到了机房。克努岑转身回头望了一眼雷里克。

就在这一刻，码头上的弧光灯熄灭了。雷里克港瞬间彻底黑暗了。在同一秒钟，耸立在黑暗中的塔，像巨大的怪物，全身赤裸，在闪亮刺眼的红色中，血淋淋的巨人，在濒死的挣扎中再一次站立起来，扑向城市，扑向他们脚下的黑。但是，紧接着又有一只手抓住雷里克的电闸，将所有的灯熄灭，突然巨人也不见了，眨眼工夫他们都消失了，留在记忆中的他们就像一道红色的闪电和黑暗中滚滚而至的雷鸣。

克努岑看看手表：指针指向十一点。

少年

要我带一个乘客上船，少年想，一个不能被人发现的乘客，否则船老大不会让他半夜通过泻湖去接。一定会有什么事情发生，他激动地想，第一次真的会有什么事情发生。怪不得，克努岑在港口停留了这么久——他在等一位乘客。少年检查了分电器盖上的连接线，然后他又回到上面，望着克努岑，他正在驾驶室里站着。我是否应该问，少年思考，他要把一位乘客带上船有什么意义。但他从来没有问过克努岑什么问题，尽管他觉得克努岑有可能会给他一个答案，因此他不问。克努岑看上去一如往常的暴躁，但少年感觉到有什么事正在发生，而且克努岑第一次需要依靠他。现在，我更不应该问他，少年想。但他超级好奇。

赫兰德

费雷金医生走了之后，他松了一口气。他是临时决定让医生今天来一下的，他说服自己，一定要在今天做到心中有底，费雷金给了他结论：确定他有危险。弯腰看着残腿，医生说：您必须今晚去格布哈特教授那里，到罗斯托克去。我会与他通电话，以便他立刻处理您的腿。

手术？赫兰德问。

不能说是手术。他必须切除伤口周边腐烂的肉，然后打胰岛素试试。给您做手术已经没有可能性了。费雷金又抬起身子靠回椅子上。他们互相望着对方。您身上的残腿就像一块外来的肉。这条过于短的残腿。当时，神父的这条腿被从骨盆以下切断。已经没有可能再多切掉一点，以阻止炎症继续向上发展。总不能把命切掉吧。赫兰德差点要吐出一个问题，费雷金怎样看治愈的前景，但他忍住没有问。医生已经说了"试试"，"试试"和"已经没有可能性"。现在一切都很清楚了。费雷金不过就是再说了些医学术语。如果他能忍受，也许他会康复，如果他不能忍受，他就会垮掉，或类似的。或者：这完全取决于病人。费雷金医生是一名好医生——他可以把魔咒说到人能相信他。一名好的神父也是一样。根本不在于医学和宗教的真理，人想要从医生和神父那里听到的是魔法咒语，符咒。

我会派一辆医院的车来，费雷金说，您不能自己坐火车去。

救护车？神父的思绪被打断。不，不，不必了！这会在这座城市引起太多的注意。我自己叫一辆出租车吧。

随便您吧。医生站起身来。那么我现在回去给罗斯托克的医院打电话。

赫兰德表示了感谢，然后他听着费雷金的脚步声，楼下与女管家的轻声交谈声，关门声，以及汽车开动的声音。在落地灯的灯光下，他一动不动坐了好一会儿，然后才开始将假肢绑好并穿上裤子。最后他戴好领带，穿上四分之三长的礼服大衣，这样他的外套就变成了神父长袍。

此时他感到一阵轻松。

就在今晚去罗斯托克，格布哈特必须立即处理这条腿，这就是我从费雷金那里想要听到的，赫兰德想。被明确宣布有死亡威胁是我想要的，确定性，但不仅仅是这个，还有不可抗力的干预。因此，我没有把向费雷金医生的咨询推迟到明天，而是请他立即到我这儿来。另外：明天我就没有机会向他请教了。这一夜在这里度过意味着：救"读书的修道院学生"。救"读书的修道院学生"意味着：明天早上被逮捕；被关在集中营以及赔上一条腿。医生为我解决了这个问题：立刻去罗斯托克，立刻找格布哈特教授，立刻抓住一根救命稻草。不可抗力做出了决定：医院病床取代殉难。赫兰德有理由感到轻松。

他还记得他改变决定的那一刻，原本他是想先解决雕像的事情，然后再请医生帮忙。这是发生在我从教堂回来时，神父想，在我与克努岑和那个自称是格雷戈尔的年轻人交谈之后。他骤然间感到害怕。神父寓所是如此安静，当他回来的时候。而且神父寓所的寂静是教堂、甚至也是整个城市的寂静的镜像。虽然并没有比以往的几年更安静，但他从来没有发现寂静是这般难以承受。寂静是不合适的词。他在什么地方曾经读到过，工程师现在已经能够设计出"消音室"。这才是正确的表达。自从那些人取得胜利之后，城市、教堂和神父寓所成了"消音室""无响室"。不，不是从那些人来了之后，而是当上帝离开的时候。上帝认为没有必要在这里了，神父讽刺地、恨恨地想。也许他有更迫切的工作。也许只是因为他的懒惰。不管什么原因，他已经很久没有来看看雷里克了。甚至没有在教堂的墙壁上写上几个字，也没有在那面圣格奥尔根教堂的红砖墙上写下哪怕只有我才能破译的无色墨汁的信息。

明天早上沉默将会更麻木，赫兰德想。明天早上，最后的几个人也将离开：格雷戈尔、克努岑和我的木头小修道士。我将独自一人留下。我，只有我将面对困难。明天早上，当那些人来的时候，我将为一个无生命的木头雕像而独自留在这里，这是荒谬的。

他一边回想着他的恐惧，一边在电话簿中寻找出租车公司的电话号码。3，3，9。我还必须通知代理神父，他思考着，今天是星期五，代理神父必须立即准备星期日的布道。还有，女管家必须收拾好小皮箱，几件换洗衣服和我的洗漱用品。人必须仔细考虑之后会发生的事，他想，当我明天早上像一个罪犯一样被带走，我该怎样站在整个城市的人面前，不管怎么说我是赫兰德神父，城市里最受人尊敬的神父，一个为他的国家战斗过的人，人们根本无法理解发生了什么，也没有人会告诉他们——这将是一个对我和对他们都不好的结局。医院，他们会理解，甚至会感到震撼，罗斯托克的病房里将会摆满来自雷里克的花园的秋天的花束。

做事精准，神父想，人们会这样想我，这已经无所谓了。我请医生来不是因为在我身上出现的不可抗力。而是因为酷刑和孤独。因为刑讯会到来，我将单独承受。他们会打我，那些人，想复仇，想从我这儿得知我把雕像藏在哪里，受刑讯时，残腿的伤口将会撕开，在不挨打的时间里我躺在一间牢房中，或在某个劳教所的木板上，因为疼痛而呻吟，我将只是一块最终被扔在床上的哀鸣的肉，等待着死亡。一个死亡的身体，也许最后被仁慈的监狱医生注射吗啡，而使大脑，这个还在身体上活着的东西，都不能够再做一次祈祷。不，赫兰德激烈而又绝望地想，我教堂的这个小学生不能对我提出这样的要求，要我为他做那么多事。

3，3，9。他必须给出租车打电话。他害怕，但他还是有相当清醒的意识，他现在决定不去接受刑讯。无论是上帝还是读书的修道院学生都不能要求他将自己的身体交给那些人的鞭子或橡胶软管。他之前是如何解释那些人的胜利的呢？很简单——上帝不在，他住在能够想象的最远的地方，而世界则是撒旦的王国。赫兰德崇拜一位瑞士伟大的神父的教义[1]，既简单又让人信服。这个教义解释了为什么上帝将世界设计成无响室。因为在这样的房间里祷告只是为自己，只轻声对自己的灵魂说话。绝对不能自以为会被上帝听见。人祈祷，是因为他知道有上帝的存在；虽然他在遥不可及的地方，但他存在，他并没有死亡。而在被折磨时将痛苦大声叫喊出来，却是完全没有意义的。当然，人们应该抵抗撒旦，你必须说教，但也只是提醒人们，世界是属于魔鬼的，上帝是遥远的。没有慰藉，这一学说的

1神父的教义：指卡尔·巴特（1886—1968），瑞士籍新教神学家，新正统神学的代表人物之一。——译者注

伟大正是在于它不给任何人慰藉。但它也使得殉难失去意义；被折磨和痛苦地喊叫有什么意义呢，如果上帝根本就得不到这信息，如果世界上的无响室的墙壁把这喊叫声吞噬？奇怪，赫兰德想，那些他的同行中最正直的人是归属这个绝望的学说的。否定殉难的意义的人容易承受追踪和刑讯。他们必须承受痛苦的折磨，而这折磨不是因为上帝就在面前，而是他远离自己，他们必须去死，因为他们称那些人的帝国是魔鬼的国度，按照教义中所指出的。他们绝望地死去，死于荒谬；给予他们的怜悯是靠不住的。

赫兰德在他办公桌上的电话机前陷入了沉思。过了一会儿，他关闭落地灯并等到圣格奥尔根教堂耳堂的轮廓在他的窗外逐渐明显。路灯的光照到砖墙上，并暗淡了；有一块巨大的黑色东西在天空前，天空中只有一颗星。自从神父在这里居住，他从不需要拉上工作室的窗帘，对面除了没有窗的、一百多年的墙，并没有什么东西，而墙上也从未有过任何标志，只有雨水或太阳、白天或夜晚的痕迹，鸟的语言或者是被墙壁吞噬了的托卡塔。

他坐在房间里等待着，心里想，我的小修道士，这是我教堂中最重要的圣物，而那些人要把他带走。魔鬼要把他带走，他们并不要祭坛上的基督神像，上帝的像，而是一个年轻的读书人、上帝的学生的像。

绝对不能把他交给魔鬼，神父想。同样也绝对不能让我自己经受折磨。他几乎是笑了：他感觉到自己身上的恐惧和勇气摆在了天平秤上。秤盘颤抖着，就像恐惧和勇气在进行着较量。

我只需要拿起电话听筒，那么这事就定下来了，他思考。3，3，9，撒旦将控制一件圣器。可这又与不在场的上帝有什么关系，也许他是一个懒惰的上帝？也许他正在猎户座玩，而不是在地球上，或者说他是在地球上，但他也许正在檀香山开着游艇，而不是到克努岑的船上来，并把小修道士从雷里克救出去。

但如果他不拿起电话听筒，那么……突然神父屏住了呼吸。他想：如果我不拿起听筒，那么上帝也许并不是很遥远，像我一直想的：那么他也许就在身边？

这个问题像鬼火般瞬间消失。然后赫兰德神父的思维开始有些混乱。在他的残腿的疼痛和突然出现的昏沉沉的疲劳感之间，他的思维断断续续，上帝躲藏起来了，他想，撒旦的国度，伟大的人和折磨，严肃的教义和一面没有文字的墙，痛苦和病床，病床，病床，死亡，死亡，死亡。

他没有拿起电话听筒，而是让自己的头垂到手臂上，打起了瞌睡，夜晚不再发亮的无边眼镜推到了边上。我应该去死，他还在想，我已经是被判了死刑的人，我的生命走到了尽头，而正当他想着所有最可怕的念头，这个结束所有念头的念头，在这个念头后所有的念头和镜子都消失的时候，他睡着了。

过了一会儿，他又醒来，被疼痛折磨着。他在办公桌的抽屉里找药。他从盒子中取出三颗药。然后，他叫他的女管家，并请她给他送一杯水来。

少 年

　　他把养殖的蚯蚓放在一盘鱼线头上细的那段上，鱼线绕在两根搭成十字的木头上，所有船上的学徒没事干的时候，都用有这诱饵的鱼线为自己钓点鱼。他坐在避风的驾驶舱想：如果克努岑在他的船上要带一个乘客，那么不管他想把他带到什么地方去，那一定不会是我们的海岸的一部分，而是在那边，在波罗的海的那边。我不敢相信克努岑会这样做，他想。但是为什么，他思索着，为什么必须把一个人偷偷运过波罗的海呢？他知道，有时渔民走私些咖啡和茶叶，那是他们在外面的海上从丹麦人那里接手的货——但克努岑从来不参与这样的事情——而一个人？少年突然想：那些书还是对的，那就是说今天也会有这样的事，比如那些在《哈克贝利·芬历险记》《金银岛》和

《白鲸记》这些书中讲的事。好极了，少年想，克努岑也做这样的事。

尤迪特 § 格雷戈尔 § 赫兰德

当她又回到码头，轮船在她的背后时，尤迪特，虽然她不再哭了，还是下意识地从她的手提包中取出手帕，并用它掩住自己的脸。码头上已经漆黑。只有通向广场的路上还有煤气灯亮着。"维斯马徽章"大门上方的灯也亮着，餐厅的窗闪着红色的光。码头已是空无一人。尤迪特感觉到一阵风吹来，她紧了一下大衣的腰带。

那么现在要去哪里呢？她的身后有一个声音问。

尤迪特环顾四周。这就是结局。有人冰冷地、傲慢地将她此时的思考说了出来，这是唯——个她还能有的思考——有人看透她了。恐慌完全控制住了她，这一刻她几乎想立即逃跑，如果她能够看到这制造恐慌的人的话。但她看不清；说话的人一定是在船投下的最暗的黑影中站着。

她试图用自己的眼睛穿过黑暗，终于，她看到了一丝动静，这个动静正用轻轻的、几乎是窃窃的回音向她发出新的词语。

您现在怎样打算？

说话的人向她走来，他很快到了她的身边，并抓住她的手臂，一个并不比她自己高的男人，一个年轻人，他的脸我今晚曾经见过，尤迪特想。一个我见过的人，一个跟踪我的人，一个想逮住我并逮住了我的人。

回旅馆现在已经不可能，格雷戈尔说，您一定要带着您的箱子吗？

尤迪特摇摇头。格雷戈尔望着她并放开了她的手臂。他尴尬地笑。

原来您把我看成是那些人，他说。对不起，我还没有想到这个问题。我是那个样子的人吗？

她认出了他。他今晚也是坐在餐厅里的，她想了起来。突然她回想起，当餐厅的气氛越来越紧张的时候，是他把店主叫去他自己的身边——那穿着灰色衣服、边吃边看报纸的年轻人。他看起来像那些人吗？她不知道他们是什么样子的，她没与他们接触过，她只知道，人们要逃离他们，逃不了的话，就选择自杀。

如果我是那些人的话，您将会怎么做？格雷戈尔问。当看着她被娇惯的脸时，他感觉到某种厌恶和反感。被她的无动于衷和仇视的无助所激怒，他继续着他的残酷的问话游戏。他跟着她的目光，她的目光在黑夜中迷失，漫无目的地朝着大海。

跳海吗？格雷戈尔冷笑着问。您不会相信有多快，您就会被人捞起来！然后，他定了定神，说：来吧，跟我走！也许有一种可能性，让您离开这儿。

他又一次抓住她的手臂，直到她开始跟在他身边走了之后才放开，他惊讶地发现，她快步走着，气喘吁吁，慌张，当她转进尼古拉胡同时，他不得不对她说：慢慢地，别慌！他想：希望她的紧张不会破坏一切！

当他们走了一会儿后，她突然停了下来，说：可我不能把我的箱子……

您把钱留在箱子里了吗？他打断她。

不是，尤迪特说，钱在这儿，我的手提包里。

所以啊，格雷戈尔答，其他都不重要。不重要，她生气地思索，想着箱子里的那条裙子、内衣和两双鞋子。漂亮的洗漱用品。

格雷戈尔好像猜到了她的想法，他说：只要您能到外面，您可以再买所有的东西。

您怎么知道我有没有足够的钱呢？她气愤地问。

您看上去是这样的人，格雷戈尔干巴巴地说。

她盯着他看了一会。您到底是谁？她问。

我们现在没有时间了，格雷戈尔说着拉她继续往前走。街上的房子是黑暗的。十一点钟后雷里克的人都上床了。我看起来像一个有很多钱的人吗，尤迪特想。从来没有人对我这样说过。她不记得曾经有人思量过，是否她比其他的人有更多的钱。一切都是那么自然：河岸边的别墅，客厅墙上有妈妈心爱的德加的画，绿玉髓色的草地上骑着长腿马的骑师——希望海泽已经将这幅画安全转移——夏天开满葡萄牙玫瑰的花园，秋天的大丽花，阿尔斯特河的橄榄绿真丝般的水，柳树垂丝的安静，稀有的运河，从来不必艰辛，爸爸还活着的时候也没钱买汽车——但她还是被当作有钱人。她看上去也像是死了妈妈的吗，像杯中的毒药吗，像刚死了母亲的逃亡的人吗，母亲甚至可能还没有下葬，也可能今天下午刚刚被关上棺材盖？突然她想起来，妈妈的照片还在她旅馆床上的枕头底下。

怎么了？当她突然停下不走的时候，她听见她的陪同者问。

妈妈的照片，她低声说，还在房间里。

您什么时候溜走的？格雷戈尔问。

溜走，尤迪特想，他把我现在的情况称作溜走。溜走，只适合轻浮女子。这个词适合我吗？她动着脑筋。

昨天，她答。

那么明天早晨有人可以根据这张照片判断出您今天晚上到过什么地方，格雷戈尔说。也就意味着，你会很快被确认。

他感到她的愤怒，但他不知道她愤怒的原因。我并不是因为这个原因才想到那张照片，她说。我必须带着它。这是我母亲留给我的唯一一件东西了。不可能，他答。您不能为此而不顾一切去冒险。您的母亲可以再给您寄一张其他的照片，以后，如果您到了安全的地方。——还是她已经不在了？他加了一句。

她死了，尤迪特说。

那么您以后可以与亲戚联系，格雷戈尔说。一定会有很多您妈妈的照片。他自己都惊讶自己怎么一下子那么耐心了。是什么促使他仍然站在这里，在这次行动的过程中把宝贵的时间浪费在谈论一张被遗忘的照片上，而几个人的生命都与这次行动紧密相关，还有那个在教堂里读书的年轻人。另一方面，他想，读书的人也不过就是一幅画，而且也许这个姑娘的母亲的照片与这个读书的年轻小伙子的像有同样的价值。他看到少女被煤气灯照亮的黑发在飘动，灯光在她的额头、鼻子、嘴唇上折射，他犹豫了一会儿，要不要强迫尤迪特继续前行。

他不敢相信他的这个犹豫阻止了她对他的抵抗，当他们继续向前的时候，她走在他的身边，他只是觉得她走得很慢，但不再那么紧张了。格雷戈尔尽快从尼古拉胡同拐进圣格奥尔根教堂周围的街道迷宫。狭窄的街道很暗，格雷戈尔凭自己的感觉或凭着有时出现的教堂塔的一部分，那些在并不是漆黑的天空下的黑色的砖。另外，居民区的街道里也有零星的几扇窗户中还有灯光闪烁，而商业街上已经全部暗了，格奥尔根教堂广场的房子都黑漆漆的，只有两盏煤气灯还燃烧着，一盏灯在街口，另一盏在教堂大门口。

尽管房屋似乎都睡觉了，格雷戈尔还是想避免穿过广场，他沿着广场的边缘走，沿着房子——就像他下午做过的那样——直到他走到教堂的南侧。从远方他已经看到教堂那边有亮光的窗。窗把光照射到台阶，通向教堂侧门的台阶上，在这神秘的光线中，格雷戈尔看到他的自行车仍然靠在神父寓所的墙上。黄色的光照射在车把上，反射出微弱的光，在这同样的黄色光晕中，他与少女将一起走到教堂大门。但这扇窗太高，以致他不能看见窗内房间里的东西。尤迪特料到了一切——不，我没有料到这一切，她纠正自己——没有料到被带进教堂，进这样一个教堂，自从她看见它的塔楼之后，就感到了害怕。而这个年轻人，她的同伴，从他的衣服口袋中掏出一把沉甸甸的钥匙，并打开了大门，她感到莫名其妙。尽管如此，她还是没有觉得自己正在经历冒险——她觉察到危险正在她所处的生活中，是如此真实，而她的想法，这一夜所发生的也许是某种浪漫，离她那么遥远。她感觉到这奇妙，但她并不感到惊讶。她通过圣格奥尔根教堂打开的一条门缝窥探到了秘密，像一条鱼，正从闪着绿色光的大海上一块巨石的阴影下露出水面。被黑暗击中而停下脚步。但当格雷戈尔在他的身后关上大门——她察觉他并没有锁上门——，她终于问：这是干什么呢？您必须告诉我，您对我有什么打算！

她被大厅的回音吓了一跳，她听见这个陌生人说：您在这儿只能轻声说话！

格雷戈尔与她保持着距离。请跟着我！他说。她只能看到他模糊的身影，因此她只有试探着朝他前行的那个方向移动。

格雷戈尔来到耳堂的一根柱子前，那里坐着"读书的修道院学生"。这里是最亮的，可以看见所有的窗像是被打磨过的铅片挂在墙上，这时尤迪特也走了过来，她看清了在中堂与圣坛间的隔墙前有几级台阶，并在最低的台阶上坐下。她突然觉得她有多累，她把头靠到读书的学生坐着的那个石墩上。但在她的疲倦中，女性顽强的生命力仍然活着。

您必须回答我！她说。现在我有时间，她想，只要我在这个教堂里，我不会出什么事。她并不惊讶于这个想法，更不惊讶有人把她领到这儿来的事实——压倒一切的，同时也显而易见的是：教会是提供保护的。她还太年轻，她期待着这个陌生人会变成教会的使者，也许教会已经建立了保护逃亡者的一种组织，她想，还有：要是妈妈也能预料到的话！

您是犹太人吧？格雷戈尔问。

我是接受过洗礼的，她答。我父亲也是受洗过的。她说的时候有点生气，好像是要给教会的使者，他肯定是使者，出示一份有效的证明。

洗礼，格雷戈尔轻蔑地说，这没有任何区别。那些人根本无所谓你受洗与否。

我知道，尤迪特说。然后，她决定自己要勇敢些。更何况对我来说，这已经无关紧要，她说。自从坚信礼之后，我再没有进过教堂。我不知道我是否还能相信什么。但我还是相信上帝。最近几年我才知道，我是犹太人。以前我总以为我是德国人。但那时我还是个孩子。此后他们把我变成了犹太人。她停顿了一下，接着说：在您可能救我之前，我想告诉您，如果您不愿意，您不必为我做什么。

哦，格雷戈尔说。他明白她把他看成什么人了。但他并不想做解释。他只想安慰她，于是他说：这也没有什么区别。也许我应该对她说，他想，您错了，我不是一个基

156

督徒，我是共产主义者吗？但这不是事实，因为我已经不是共产主义者，我是一个逃兵。我又不是逃兵，而是一个人，一个执行小任务的人，以个人的名义。但他忽然隐约感觉到，在他与这个年轻姑娘的关系上，像基督、共产主义、逃兵、活跃分子等词语都是逊色的：对她而言，他只不过是站在一位年轻姑娘面前的年轻人——一个传统角色，就像他自己带着讽刺表明的那样。因此，刚才在街上，他站下来听她叙述照片的事，欣赏她那黑发的飘动和在煤气灯照射下的黑暗的纤细清晰的轮廓。

那您为什么在逃亡呢？他问。

逃亡，他说，尤迪特想。他不再说：溜走。她感到了些许信任，就像刚才当她转弯到了他停下来等她的街上，并开始埋怨丢失了她母亲的照片时。她告诉了他母亲死亡的事。

昨天啊！他很震惊地说。我的天哪！

您是怎么知道的呢？尤迪特问。

我知道什么？格雷戈尔惊讶地说。您是什么意思？

我是犹太人这事，尤迪特说。

看得出，格雷戈尔答。

是吗，就像人们能看出我有钱吗？

是的。您看起来就像一个出生在富裕犹太家庭中被宠坏的小姑娘。

这期间他们已经适应了黑暗，虽然不是那么清晰，但他们能看清模糊的对方，像在灰色光的底板上用炭笔画出来的身影。那年轻的修道士蹲坐在他们中间，一动不动。

我是否娇惯，我不知道，尤迪特说。其实我是受到相当严格的管教的。

您被与外界隔开，您是想说这个吧，格雷戈尔答。他再次感到心中有股无名的火。而现在您正经历着被您的圈子中的人称为命运遭受打击的事，是吧？他挑衅地问。

是。那又怎样？朱迪特无奈地说。当然……

精致的别墅和命运遭受打击，格雷戈尔粗暴而冷嘲地说。然后这位年轻的女士到国外去，他继续说，斯德哥尔摩或伦敦的漂亮酒店，不在乎费用问题，带着小心翼翼地珍藏着的对充满格调和滋味的死亡的完整记忆。

她并没有感到受了侮辱。她下意识地不去理会他对她的兴趣，尽管这兴趣在他的语气中带着批评和嘲讽。

我是卑鄙的，他想，我是极其卑鄙的。无力地试图收回刚才的那些话，他说：我只是想说，您不应该把您母亲的过世当作是一个意外……

那是什么呢？他听见她问。

他沉默了一段时间并思考着。回答这个问题也真不是那么容易的，他想。以前，我会说这是法西斯主义，是历史和恐怖，反正是诸如此类的话。

它是魔鬼的计划中极为微小的部分，最后他说。同样，此刻他想，神父会给出同样的答案。

呵，尤迪特说，她把惊愕藏在冷淡的后面，恶魔我不能想象。一个意外，我能想象，但这恶……？

她站起来，因为她感到有点冷。冷，恶，以及这陌生人，她时而觉得自己对他有了些许信任，而他有时排斥她，继而又开始对她感兴趣。她企图用她的视线穿透在他们间的黑暗空气，但她只能辨别出一个消瘦、浅色、无特征的脸，这脸，可能是一个汽车修理工或实验室助理的，或是一个破译手稿的，而他对文本并无兴趣，或是一个飞行员的。有一点经验和老练体现在这张年轻的脸上，在眼睛和嘴巴之间有严肃冷静、并不感到十分痛苦的悲伤表情，但太阳穴和下巴却体现着机智，显露出速度、可靠的敏捷和智慧。他眼睛的神采和颜色，她无法看清楚，但她识别出他的头发是直的和黑的，有时头发散落到脸上，那么他会把头发又撸到后面。总体上说他不是一个引人注目的人。他与哈维斯乎德网球俱乐部的年轻人完全不同，那些她认识的人，当时他们还可以使用网球场。当她与他们在街上遇到的时候，他们还会装模作样地向她走来并说你好。他们大多是比较帅气的、热情的小伙子，但她现在意识到，她一刻都不会有请求他们中任何一个人帮助她的想法。与这些网球伙伴和先生们的游戏规则是说声你好，以及理所当然的，他们对她境遇的漠不关心——帮助绝不在其中。甚至海泽也不是乐于助人的，他只是一个能提出优雅的建议的人，一位知道绝对安全的逃生线路的绅士，但绝不会时刻准备陪同尤迪特。此刻，尤迪特露出一丝微笑，想起她最后做的那个梦：潇洒的海军军官和荣誉骑士的海报，而这不过就是一张在瑞典轮船上、船长舱里的一张柠檬水海报。或许真的在什么地方还有绅士存在，但在这个国家他们似乎都已经死了。助人的人的脸，看上去是不一样的——也许它看上去像一个消瘦的汽车修理工的脸，或像正在飞速逃脱的飞行员的脸，但无论如何是不动声色的脸，一张不露声色的脸，因为这张脸正沉浸在某种工作中。

她来回走了几步，为了暖暖身子，但她猛然身体一抖停了下来。我想知道，她问，您为什么打算帮助我？您是有这个打算的，对不对？她补充说。

您是幸运的，格雷戈尔说，今晚有一条船要开往瑞典。——和他一起！他指着雕像。您好好跟他说，他也许就把您也带上了。

尤迪特惊讶地走近雕像。我不理解，她说。到目前为止她没有注意到雕像，而现在她走到它面前，并试着看清它。

他明天早上会被那些人没收，格雷戈尔解释。

他？尤迪特怀疑地说。

是的。他是一个正在读书的年轻人。您自己看一下他吧！

尤迪特必须略微弯下身体，才能观察这个雕像，但她也需要她的手，以便摸清它的形状。她感觉手摸到了平滑的木质。在她摸了它的脸之后，她惊喜地叫了一声并说出了创作这尊雕像的雕塑家的名字。格雷戈尔依稀记得曾经听说过这个名字。当然，他想，在她的圈子里，人们是熟悉这样的名字的。在她的圈子里也许这样的名字很可能是有一定的价格的——因此人们认识他们。正是如此，他听见她说：这是一个非常值钱的雕塑。

很有价值，他讽刺地评论，以至于您有被这用木头做成的家伙带走的机会。作为随赠品，他对我们来说比您更重要。

您说的我们是指谁？她问。

这个教堂的神父和我，他答。他看了看手表的夜光表面并说：神父将在一刻钟后来这儿，然后我们把这个雕像卸下来，并把它送到今晚去瑞典的船上。

那我呢？她紧张地问。

您可以跟着我。如果您运气好，渔夫，船的主人，会把您也送到对面。

他听见她松了一口气。

不过，他说，不要高兴得太早！克努岑是一个不好说话的人。不能确定他是否会带您走。更何况这整件事超级危险。

她直起身来并转向他。他看见她那比她的脸色浅的风衣，就在他的面前，她的头发现在没有飘动，而只是静静地披散在她的肩上，她站在与他有点距离的地方，这个距离，使他只能把她的脸看作一个整体，以及被宠爱和带着野性的眼睛、鼻子、嘴唇和颧骨，一切都还是那么娇嫩和缺乏经验，经不起任何变化，而后他听见她问：所以您不会帮我，如果不是您恰好要帮助这个雕像的话？

他们面对面站着，非常近，格雷戈尔想：这是一个诱惑的场景，她相当漂亮，她也知道这点，而且我已经很长时间没有照顾和关心女人。现在用手臂搂住她是很容易的事，甚至是一件很美的事，而且这也是被期待的，她有一个万无一失的本能，她知道，只有一个男人爱了，他才会保护，而一个女人只能在生命得到保护时方可奉献她的身体——不接受肉体的感谢和拒绝牺牲者为脑力劳动做奉献，都是对本能的侮辱。

但我，他思考，我不是天性就那么自信的人，我是冷淡的，我了解自己，我的大脑运作很正常，我能抵抗肉体的功能。有时我也要一个女人，但我拒绝与女人做爱已经有许多年了，拒绝被爱人的脸的魔力瓦解我的大脑，哪怕仅仅是几分之一秒的时间，用我的嘴去寻找头颈，仿佛这头颈能救赎一切罪恶。一个真正的吻足以削弱我的大脑，而我需要这大脑，为战胜那些人。违法和爱必须排除在外。信使是僧侣，格雷戈尔想，而且：拳击手在比赛前是不与女人睡觉的。

也许弗兰齐丝卡就是因为爱我而被逮捕，他想，他又觉察到自己不喜欢面前的这个少女，当他想起弗兰齐斯卡的时候。那时，当他从黑海演习回来，他没有在学院找到弗兰齐丝卡。起初他只是随便问问，而教师同志只是耸了耸肩。而几天后他很激动地询问她到底在哪儿的时候，他们开始说，换地方了。弗兰齐丝卡是与他一起从柏林到这个学校的，他们在这儿得到很好的培训，并一起恶补了辩证唯物主义。而且与她做爱也非常美好，她修长的身体有一种解放的、主权的而又大胆的温柔，她的肉体仿佛涂上了散发着自信香味的润肤露。几天后，格雷戈尔还一直没有听到她的消息，于是他失控了。最后，有一位老师把他拉到边上跟他说：大清洗，您理解，格雷戈尔同志。不，他不理解，不可能的，他气愤地发火，但那位老师立即打起官腔。那时候，格雷戈尔的大脑第一次闪电般迅速地做出反应：他保持了沉默。从那时起，他完全将自己装进塔拉索夫卡的经历中：对黑海上金色盾牌的记忆帮助他机械地完成了学习班。他在那里就已经学会了之后在德国他所需要的最重要的：警惕。弗兰齐丝卡显然不够警惕，他对自己说，显然她相信他们自由恋爱的天赋反映在教育观念上，但这是她的错误：她不够冷静，她没有熄灭她的爱火。

这简直太令人失望了，他没能帮弗兰齐丝卡，而现在却必须帮助这个陌生人。一位充满闪光智慧的少女消失了，而取代她的是一个被宠坏的、愚蠢的生物，一个资产阶级的小东西，对于发生的事情麻木到只知道尝试用一个幼稚的诱惑，一个头发和美丽的嘴巴的诱惑，极其愚蠢地对他提出的问题进行挑战。

哦，会的，格雷戈尔说的时候忘记了所有的控制，我会帮助您，即使没有这个雕像。

他走得相当靠近她，并把他的左臂放在她的肩上。现在，她那刚才整体的脸化解了，他还一直没有能看清她的眼睛，但他能嗅到她皮肤的香气，滑过她的鼻子，她的脸颊，最后只剩下她的嘴，她的嘴，依然是黑色，但是美丽，弯弯撅起的嘴摇晃着靠近，松开，掉下，这时他听见门被打开的吱吱声，便抬起头来。手电筒的光束照射进来，而他已经从尤迪特的身边退后了两步。

关手电筒！他轻声喊，光乖乖地熄灭了。是神父，格雷戈尔松了一口气想，因为一时间他以为可能会是敌人，而他听到的是神父在门口停下并喘着粗气。现在他听见神父说：您走过来！

此刻，圣格奥尔根教堂的钟开始敲响十二点的钟声。它沉重的巨响震撼地闯入教堂，让每一个动作戛然而止。当钟声停止，格雷戈尔走向大门，神父此时已将大门在他身后关上。因为费力而气喘吁吁的赫兰德倚着大门。

我必须靠您扶着，他对格雷戈尔说，今天我觉得走路有点艰难。

神父夹在手臂下的毯子滑了下来。格雷戈尔把它捡起来。然后，他把神父的手臂放到自己的肩上。您怎么了？他问，您有哪里不舒服吗？

我的腿，赫兰德说，假肢今天没有装好。

在他们迈出步子之前，神父说：奇怪，我从来没有在完全黑暗的时候来过教堂。我来的时候，要么是白天，要么有灯光。他抬头仰望有暗金属光泽的窗。

他们走了几步后，神父意识到尤迪特的存在。她那略带反光的浅色大衣在读书修道士旁边一动不动。赫兰德吓了一跳，站住。那里还有谁？他疑心地问。

别担心，格雷戈尔回答。还有一个克努岑必须带上的人。我在港口发现她。那些人在追踪她。

但神父并不会动一下，假如尤迪特没有向他走来的话。

神父，她说，我是犹太人。这位先生愿意保护我，并把我带到这里。如果您不想让我留在这儿的话，我可以马上走。

真是出乎意料，赫兰德想，这一天中可以发生多少事情。更令人吃惊的是，这个年轻人，这个逃兵能做到一切。

您真的改变克努岑的想法了吗？他问格雷戈尔。

不，格雷戈尔如实说，但他留下了，今晚他自己会把雕像送到洛神岛。

那么他会把这年轻女士带上吗？

他到现在为止还不知道她的存在，格雷戈尔说。

那么，您现在还不能抱有太多的希望，孩子，赫兰德对着尤迪特说。一个犹太人，他想，那么，她是否接受过洗礼了？没关系，他给自己一个答案，谁被那些人追捕，那他就是已经受洗了。他很气愤地想了一会儿，有些教会的同行将他们教区的犹太籍教徒的洗礼收回——这真是教会的奇耻大辱。

年轻女士，格雷戈尔想，然后又称呼她"孩子"，还有那"如果您不想让我留在这儿的话，我可以马上走"——他们相互间用的是什么语言，他们圈内的语言，她立刻领会他们是同样圈子里的人，他们能从语调中听出来。格雷戈尔，仍然让神父的手臂放在他的肩膀上，观察着尤迪特与神父的对话，尊敬中透着愉快，但在格雷戈尔的社会中几乎是日常对话，是可爱的，如果不是那么傻，是的，看上去是可爱的傻，格雷戈尔想，而我不属于他们，不属于无可挑剔的高贵上帝，也不属于甜蜜的资产阶级，不属于她有关"妈妈"自杀的悲惨叙述，也不属于这完整的"断头台前的姿态"，唯一欠缺的大概是上一杯茶了，于是他愤恨地想：天打雷劈，为什么我会正好在这里，为什么我没有逃走，为什么我为他们做这肮脏的事？但他的目光此时落在了读书的修道士，读书的修道院学生同志的身上，他又记起来，他为什么在这里，也记起读书的修道院学生同志是属于那些曾经宣誓不再属于任何组织的人。

然后，他感觉到他的肩膀上越来越重的负担，感觉到神父几乎再也不能直立了。他把他扶到台阶上，并小心翼翼地让他坐下。

自杀，赫兰德想，他被这姑娘叙述的事情震惊，自杀可能就是对无法回答的问题的一个答案。那位汉堡的老太太知道这个答案，而他，赫兰德，却尚未想到。或者，他已经想到，也许他一直在思考自杀这个词，而只是没有说出口？这整件关于雕像的事不就是一种自杀，一种固执倔强地走向死亡吗？在雕像取下后，在"读书的修道院学生"去斯格林的修道院院长那里的路途之后，最简单的办法难道不是自杀吗？但是，当他想着这个念头时，神父自己性格中火热与激情的一面又被激起，他讨厌恼怒。上帝是正确的，禁止我说出这个词，他想，人不能让恶魔轻而易举地成功。我一定要留下来，用这个行为尽一切可能给恶魔制造困难。

我并不能帮上什么忙，他对格雷戈尔说，当他从长袍内侧的口袋中取出螺丝刀时。

没关系，格雷戈尔说，她肯定可以帮我。他指着尤迪特。自从神父走进教堂，格雷戈尔和尤迪特还是第一次对视一下。

雕像的底座是空心的，赫兰德解释。里面您会找到三颗连接着雕像与底座的螺丝。

这个并不是很大的塑像和它的底座被证实是相当沉重的。格雷戈尔一边小心翼翼地将雕像的底座往一边倾斜，一边指点着少女尽可能往下拿住雕像。在他将它推到一定的斜度时，它已不能再回到原来的位置。他跳到尤迪特的一边，和她一起将塑像放到水平位置，直到底座的长的一面躺倒在地。他们几乎是无声地完成了工作，沉重的铜底座碰到教堂石板地时发出沉闷的碰撞声，如此之轻，仿佛是白天走进教堂的一位游客的几下间断的脚步声。

其他工作也进行得顺利。格雷戈尔用神父的手电筒照亮底座内部，同时他注意着尽可能不让光线射到外面，他立刻看见了三颗螺丝。它们并没有给螺丝刀增加更多的阻力。在格雷戈尔起最后一个螺丝时，他指示尤迪特，扶住雕像，当他站起身时，她要用手臂接住雕像，并像抱一个玩具娃娃或一个小孩那样抱住它。他迅速将毯子铺在地上，从尤迪特手中接过雕像并精心地把它包裹好。赫兰德递给他一些绷带，让他将这卷东西扎紧。它并不重，他发现，主要的分量都在底座上。

能不能麻烦您将这底座再竖起来，神父说。

对，格雷戈尔想，这是有必要的，也许神父想要对那些人解释说，这雕像早就被人拿走了。看上去一切都必须整整齐齐。他顺利地独自把底座竖起来，并把它推到本来的位置。在这之前他还把三个螺丝放到下面。

现在已经没有事需要做了。请让我扶您走到大门口吧，格雷戈尔对赫兰德说。

不必，谢谢，神父说，我还想在这儿坐一会儿。

听您的，格雷戈尔说，可是您会着凉。

但我对您还有一个请求，神父说，我还想念一次主祷文，为您和为这位年轻的姑娘，当然也是为这雕像。

不，格雷戈尔很快说，我不知道念一次主祷文要多少时间，我们已经着急要走。

不会超过一分钟，神父说。

不，格雷戈尔答。

神父做了一个愤怒的动作，但他克制住了自己。请您到我这里来，他对尤迪特说。她迟疑地走近他。稍微弯下腰向着我，赫兰德低声说，好像不想让格雷戈尔听到。她听从了他，然后他在她的额头上画了十字。

他望着他们两人离开教堂。他们迅速而又果断地走着，以已经习惯了黑暗的步伐。此时，神父的眼睛也已经习惯了黑暗，它们看见的不再是黑，而是均匀的灰色，在这教堂的灰色中，它的年轻的灵魂刚刚逃离。赫兰德盯着空的底座，然后无声地念了一次主祷文。

少年

　　他察觉到克努岑先让船后退一段，然后松了离合器。船不再行驶。少年来到甲板上时，感觉到船在阵风中转得很厉害。他走到后面并把小船拉近，然后跳了上去。克努岑递给他一对桨，并把钓鱼线扔给他。逆风，他对少年说，你将有一些事要做。少年看见他继续往前开，而他必须顶着风划出沿岸的水道。在泻湖顶风摇船，是一项很艰苦和糟糕的工作，但少年坚强地匀速摇着船。如果我们把乘客带上船，他想，那么我们将在大海上航行，这将是我的机会。我从来没有想到过，我也会有这样一个机会。

　　现在，当他感觉到这个机会时，他不再去想那些他想要离开的理由。他不再想他的父亲，他也忘记了雷里克不会发生什么事情，他更想不起来他的桑给巴尔梦。他所有的思考都围绕着这个机会，以及他是否能成功地利用它。

尤迪特 § 格雷戈尔

已经是半夜12点30分了，他们终于到达乳制品合作社的大楼。格雷戈尔发现一条弯路，可以从城外走到通向多伯兰的公路，他们同样没有碰到任何一个人，而且公路上漆黑一片，空无一人，他们只遇见过一辆卡车，但在它靠近之前，他们隐藏到树丛后面去了。

城外的夜既不是很暗也不是特别亮。残月挂在西边很低处，色如黄疸，状似镰刀，但镰刀的弯口并不十分窄——当月亮下去时，最黑暗的时刻就会到来，这就更有利于他们的逃脱。除此之外还有几片云和星星，月光和星光在阵风中闪烁，风越来越大——也许是人在外面时才会觉得风更大，格雷戈尔想——有时从西面吹来几个雨点，硬生生打在脸上。可是风特别大，使天不会下连续不断的雨，风横扫着一堆堆的云。格雷戈尔思索着，他明天一定要买一件大衣——他已经等了太久，而今晚他正缺少一件大衣。

路边的乳制品大楼荒凉寂静。他们马上找到了克努岑说的那条步行小道；小道是在过了大楼后面从小路向右分出去的。当他们离开铺着深色石子的小路时，格雷戈尔深呼吸了一秒钟，他们终于走完了第一段路程，终于离开了有房子、街道和卡车的地区。他停下来，并把包着雕像的包裹扛在右肩膀上，然后他们继续赶路。整个走路的过程他们之间只说几句必要的话，在教堂发生的事情之后，现在只能说些非说不可的，格雷戈尔想，我不想让自己再陷入什么事中，今晚的这张脸在一两个小时后就将消失，黑色的头发和弯弯的嘴将在无限的夜、大海和时间里飘去，我是愚蠢的，我差点让自己又接受一个吻，那样的话我就失去了优势，他想，我不像之前那样有优势，我不再有距离的优势。他觉得气恼，因为他拘谨腼腆。

路的两边长着密集的灌木丛，许多树上还有树叶，它们抵挡住风，使这风静的、被树叶围绕的小道上几乎有些温暖。灌木丛后面散发着牧场的气味，黄牛已经离开，但他们经过的一个大门内，还有几头牛挤在一起，背对着风，在这寒冷的深秋，一身的花斑毛皮，轻轻地喷着气息，冬季的牲畜在荒凉的广阔大地，天边有时有一棵树或一个茅草屋顶出现在天与地之间，黑色爬行动物，被笼盖四野的夜色伸出的拳头压低。我曾在这样的夜晚，在乡下走过这么远的路吗？尤迪特沉思着，也许有时在夏天，几年前，当我们还驱车去坎彭或锡尔斯玛莉亚时。但那仅仅是在愉悦的、灯光闪耀的夜晚，在漂亮、精心装饰的地区散步，他们有时甚至将自己的别墅和豪华酒店隐于其中，在那样天赐的夜晚，爸爸会突然停下脚步，背诵他心爱的歌德：夜已经降临，神明的星紧连着星，巨大的光，微小的火花，闪烁着近，照耀着远，那时她还是很小的女孩子，大概在十岁到十二岁之间，这韵律深深映在她的记忆中，使得爸爸的吟诵一直没有被忘记，在这儿闪烁，在海中成像，她记得，照耀着上空明朗的夜，但这里一切都是不同的，最深的宁静见证幸福，充满月的辉煌，而这儿现在没有优雅，只有带斑点的毛皮、冷和荒芜，歌德和爸爸一定是在其他地方，他们会认为这儿不可思议，能想象这儿的只有这年轻人，而他也不知为什么不喜欢她，他郁闷地在她身边走着，他中断了一个吻，还拒绝了主祷文，但他却以她猜不透的缘由援救一个姑娘和一尊木头修道士。这一夜是疯狂和陌生的，她身边的这个男人是陌生和神秘的，尤迪特感到害怕。

路有些不太明显的下坡，形成山沟状，有沙石车压出的车痕。当路又变宽的时候，他们到了一片潮湿平坦的草地，在他们面前延伸出好几百米——泻湖的岸。他们继续走，并保持着方向，越过草地，几分钟后，他们在黑暗的夜空中分辨出一团东西：船和少年，他站在小船的旁边观察着他们怎样靠近。辽阔草地上的风正硬生生把他们吹向他，他们喘息着到了他的身边。

少年没有与他们打招呼。他盯着格雷戈尔并问：您就是那个我必须带上船的人吗？他说的是梅克伦堡朴实简单的地方话。

是，格雷戈尔说。但少年疑惑地站着并说：是因为这个女人。船老大没提到有一个女人。

没关系的，格雷戈尔说。如果我们见到了克努岑，你就会明白的。

少年耸耸肩。今天的风真是糟透了，他说着并帮助尤迪特上船。他让她坐到船尾，在船舵旁，格雷戈尔坐在中

178

间的长椅上，他自己坐在前面的双桨旁。他用几个麻利灵活的动作将船撑离湖岸。这儿靠近岸边的水浅，直到与草地相连，青草最多只比水位高出一个手掌宽。

格雷戈尔的第一桨是笨拙的，而且与应该离开的方向正相反，但少年迅速把他的桨放到桨架中并把船划向深的水域。他们将船转到前行的方向，小心地坐在船尾凳子上的尤迪特现在可以看到前方，看到船桨击打水面，而格雷戈尔和少年却只能望着他们离去的岸。有一段时间格雷戈尔还能看到山沟的豁口，他们就是从这条路到达岸边的草地，那里的陆地经过一些小坡平缓下降到岸边的平地，然后这些细节又逐渐消失，他只能看见黑暗的草地和高出的陆地像一道海堤，被一群无叶的树冠隐约包围。

他小心地将包着雕像的包裹放在他坐着的长凳下，并试着让桨尽可能均匀地切入水中，但他感到他并不能做到，而少年却既准确又迅速地纠正他的错。他们很快离开了岸。尤迪特用右手抓住舵，手臂靠在木舵柄上休息，并准确地执行着少年的指示，他有时说"向左"或说"更偏向左"。她对船是熟悉的，虽然并不是有舵柄的大渔船，但她曾经在阿尔斯特河的阵风中航帆，而且她理解像他这样的少年，他们保持沉默，如果她坐在他们的船上，他们唯一想着的是：必须既正确又迅速地做出反应。在一条船上少年会变成小大人，坚强而务实，你不必做其他，只需听从他们。

格雷戈尔注意到，少年的指令是将船一直控制在海岸附近。显然，他不想到很外面去。格雷戈尔转身看看自己的位置。他们的路线已经把他们从雷里克带到了海湾的内弧的一个地方，而且已经是到半岛的顶端的半路了，这个岛就是洛神岛。格雷戈尔看到了灯塔，灯塔射出的光束从海上的某个点由东向西，直到碰到半岛。黑白相间条纹的灯塔上向着泻湖面的灯罩被遮住——因为没有必要照到内海上。雷里克的灯光并不能看见；泻湖的南岸遮掩了在一个更小的海湾后的岸上的城市。

你为什么让船那么接近岸？格雷戈尔问，这样我们必须划过整个弯道。我们不能横向直接去岛上吗？

这是因为海关的船，少年答。如果我们向外走，我们会接近航道，他解释，而我们越接近航道，我们就越容易被他们的探照灯发现。

你怎么知道我们会被看见呢？格雷戈尔问。

船老大告诉我，我必须隐蔽地把您送到那边，少年回答道。

尤迪特的眼睛盯住灯塔的光束，她让自己的目光紧紧跟随着它。月亮已经消失，灯塔成了唯一在黑夜中发光的东西，黑夜中只见水、地和天的边际，两个移动的物体，围绕着它们并将它们分割开的是一个不动的、最黑暗的东西。因为天空布满飘动着的云，有时有一片云被光的反射照亮，一片片飘云向东追赶着；而水，被阵风刮动，在迅速涌起的波峰上形成白色泡沫的细条纹，并在波浪内侧反射出苍白的光。尤迪特的眼睛只盯着灯塔，以免看见天空和海水，同时她又机械地听着少年的命令，她想：天冷，天极其寒冷，这个夜晚是不可想象的，我陷入了不可想象的事情中。有时，她也想起她本来是要逃亡，但逃亡对她只是一个词，而不是现实，现在她却是陷入了现实的漩涡，她还发现这是真正的把她向深处撕扯，且无法挣脱的漩涡。

格雷戈尔没有感觉到冷，因为他正机械而拼命地划着船，但他看着波浪从岸边扑打回来，并逼迫少年不断让船转向右方，到达泻湖的外面，以避免阵风，至少是最猛烈的阵风横向里直接吹到船上。毕竟，他们是顺风摇橹，所以还是能很迅速地前行。时不时阵风消停，然后少年会喊"左侧"，格雷戈尔真的发现，少女理解了指令，并把船舵掌向左边。

格雷戈尔突然一下子意识到，自己不停地盯着少女。他坐在尤迪特的对面，随着他划桨的动作以及船的运动，她在他前面时高时低地动着，而他要想把她收入目光，并不需要改变自己头的位置。她一只手扶着舵，另一只抓紧着她的手提包——格雷戈尔能看见她的眼睛中灯塔的镜像：时亮时暗。她很冷，格雷戈尔想，她完全把自己藏到大衣里了。然后他想到了那个吻，那个没有给，却也没有被拒绝的吻，突然他有了一个想象，这将会是一个非常美丽的，一个也许是令人陶醉的和可能改变一切的吻，而这样的吻很多年以来在生活中一直都没有出现过。我错过了什么，他想，我当时想错了，事实上我逃避了这个吻。他注意到，尤迪特将她的头略微转向他并望着他，他试图低垂目光，但这一瞬间，一种感觉征服了他，他只知道这是可怕的感觉，然后他们互相对视，灯塔的镜像依然在她的眼中，时亮时暗。我看不清他的眼睛颜色，尤迪特想，我把它们想象成灰色，或许是比他的西装灰色更浅一些，我很想能在白天看看这双眼睛，我甚至不知道他的名字。此时，格雷戈尔问：您的真名是什么？

莱温，尤迪特说，尤迪特·莱温。您呢？

格里戈里，他笑着说。

格里戈里？她问。这是一个俄罗斯名字。

我是从俄罗斯来的，格雷戈尔说。

您是俄罗斯人？

不。我不是什么地方的人，只是从俄罗斯要去什么地方的人。

我不理解您，尤迪特说。

我也不理解自己，格雷戈尔说。我有一本假护照，而没有名字，我是一个革命家，但我没有信仰，我骂了您，但我感到遗憾，没有亲吻您。

是，她说，这是遗憾。

我把一切都搞砸了，他说。

不，尤迪特答，您救了我。

这个不够，格雷戈尔想，人应该能把一切都做好，而同时也不错过最重要的事情。

他们尽量轻声说话，使少年无法听清他们的对话，然后他们又都沉默了，又一阵风直冲向船，几滴雨洒在尤迪特的脸上，她舔去嘴唇上的水，感觉到雨水是咸的，她目不转睛地看着格雷戈尔，忘记了她的恐惧，从她眼睛里的灯塔光的时亮时暗中格雷戈尔看出，他失去她了。

少年紧张地大声喊"向左急转"，他们吓了一跳。尤迪特极力摇摆着舵，船猛然竖了起来，却已经被持续的阵风猛烈击中，仿佛船即刻会翻身，但还是稳定了下来，此时船头正对着风，向着大陆的方向。格雷戈尔突然又看见泻湖，而且他看见一束从内湾的入口处发出的强光，在南面，在城市的方向，探照灯的聚光，照射着灯塔的方向。

警察的船，少年说，我们太靠近航道了，您划船，尽您所能！格雷戈尔抓紧桨，他们气喘吁吁地匀速划船，但因为对着阵风，他们怎么也没能将船划出去，只有当风略微静下来的间隙，船才飞驰出去几米。

这光，像那灯塔的光一样，是难以忍受的白色的燃烧着的核心和光束。而光束是灰色和透明的，渐渐变弱却不发散。格雷戈尔估计光束远射的范围大概在五百米左右，如果内湾航道到灯塔是直线的话，那么他们的船离开航道已经三百米了。因此，他们只需要再划二百米，就可以安全地离开探照灯的照射范围。但是由于风力的问题，他们没法在警察船过来之前做到这一步。警察的船飞快靠近，每一次风静的时候，发动机声能听得清清楚楚。探照灯起先是单向直射航道，但后来它开始转圈：他们在泻湖寻找走私船。

尤迪特蜷缩在后甲板的凳子上，死死抓住舵柄，并凝视着前方，仿佛是希望在水平面上突然出现被救援的可能性，比如一个阴影或一个被风卷起的沙丘，或无论什么隐蔽的东西，只要能让她躲藏，一个能让她把船划过去的东西。但她只看见流动的一片汪洋和远方他们刚离开的那片黑压压的土地，她也没有注意到它正靠近过来，依然漆黑，遥远，没有任何东西可以逃脱岸边草丛这条宽宽的黑带。

如果他们发现我们的话，我应该如何处理这个雕像呢？格雷戈尔想，几分钟后他们的探照灯就会在这黑夜中探明我们，他们是很有系统地探查的，而且他们会通过扩音器要求我们靠近他们，而违抗他们是毫无意义的，他们有一挺机枪。我有一个很小的机会，如果他们逮捕我，只当是一个走私案处理，那我的这个案件会留在刑事调查组，因为我的证件是合法的，但如果他们发现这雕像的包裹，他们会立刻叫来政治警察。这船再怎么划也无济于事，他想。他的手掌已经疼痛，似乎它们即将燃烧。他思考着，是否应该把这捆有雕像的东西扔到大海里去。但它会漂浮，他想，木头漂浮，包裹也能漂浮，即使它们吸满水之后，木头也足以使它们待在水面上，然后他们会发现这个包裹并把它捞起来，那么就是一个再明显不过的政治案件了。读书的修道院学生同志是一个政治事件。他拼命地想，船上是否有什么东西，能让他把包裹沉到海底去，但他想不出来。更何况，格雷戈尔想，我们还有这位少女在船上，我知道，她的护照会是什么样的，即使她能在此之前把它撕碎并扔掉，早晨他们在雷里克也会查出她是谁，因为他们认识这船和这少年。如果他们抓住了我们，克努岑就是白等我们一场，他只能眼睁睁看着，而自己到那边去。如果他够聪明并认清形势，那么他就会留在那边：也许克努岑是唯一一个能从这糟糕的事情中逃脱的人，格雷戈尔想。但克努岑不聪明，克努岑是固执的。

虽然背对航道而坐，尤迪特还是迅疾看见了探照灯的光束。这光束在他们对抗着风暴的船的左侧不远处的水面上。尤迪特并没有马上想到这个包裹意味着什么，但她能看见格雷戈尔和那少年非常恐惧地转头朝它看。少年大喊："继续划船！"他们弯曲身子沉浸在划桨的动作中，但他们将他们的脸对着光束来的方向，而此时光束开始了转动。它先是一点点偏左，离开他们，照到泻湖南侧的一部分土地，但后来它慢慢地向右移动。它的射程并不能达到偏向西面的陆地，尤迪特也看不见什么东西，因为那越来越接近他们的白色的光束把周围的一切变得更黑。光束正以让人无法忍受的缓慢速度靠近着，在光束爬行的由水和时间组成的分秒间，它足以让男人的桨和尤迪特的目光麻木和僵硬，让他们听不见风的震撼轰鸣声。这光束像目光——呆滞、严厉而麻木地停留在波浪上，而波浪不得不在它下面躲藏，好比是要躲过皮鞭。尤迪特似乎有要叫喊的感觉，却努力向内抿住她的嘴唇，她的手死死抓住船舵的木柄，当光束如此之近，使得她能分辨出汹涌的波浪内侧的水滴，十米的距离，光束像闪电的冰冷白色的利剑挑明了风暴的结构。

然后它消失了。他们置身于一片紧跟着它的漆黑中，仿佛在雷电的中心。男人们松了桨，船立刻开始不停地转动。他们真是幸运，因为这一刻风停了，但他们三个人都没有察觉到，他们已经在沉默中麻木，因为他们有几秒钟根本没有在意风的呼啸。少年是第一个继续开始划桨的人。他示意尤迪特，保持原有的方向，但他只是短促地划桨，保证他们能不漂走，格雷戈尔也学着他的样子。没有相互说一句话，他们等待着光束的再次出现，事实是它真的在一分钟后再次亮起，但这次它已经在离他们的船比较远的右边了，它向右往北方去，来来回回地探查洛神岛的海滩，然后留在了航道，在泻湖的外面。出于某种原因，有人将海关的探照灯关闭了一分钟，总是有些事，你可以把它说成是偶然，格雷戈尔想，虽然依照党的教条，偶然是不存在的——甚至对他们来说意志自由也是不存在的，他想——在偶然的透明外观的背后有一面自然规律坚不可摧的墙，每个人都要为偶然找到一个理由，使其成为一个必然的因素，也就是在探照灯被关闭的背后的原因，这个原因足够使得一位海关警察在这一时刻掐断光束，以促成一次逃亡，使得救援也顺从了因果定律，自然界的因果关系，如党教导的那样，或者是上帝的因果关系，如教会教导的那样，但这一刻，当他们看着警察的船远去时，格雷戈尔觉得教会的因果关系更容易被接受，因为如果要把这因果归结为神的旨意，那么神的旨意有权在那里创造偶然世界，而它显然把神的旨意表现了出来。尤迪特这时似乎也在这样思考，因为他听到她突然很高声地说了"谢谢"两个字。

当警察的船绕过灯塔，在洛神岛顶端的后面消失时，少年说，他们现在能冒险直接划向半岛。他们调转船的方向，并乘着风飞驶而去。格雷戈尔不断感到惊讶，这泻湖有多么浅，他们只是在一个浅滩上划船，船桨时常会碰触到湖底，有些地方水深最多只有半米。当格雷戈尔越过船边俯身看下去，他发现海底的沙向着他闪光。然后他又望着尤迪特，她现在已经抬起身体，僵硬笔挺地坐在她的凳子上，他很惊讶，直到她说：我已经完全冻僵了。

格雷戈尔松开船桨，并向下去摸那捆东西。她说：别动，不用！但他已经开始解开绳子，并把雕像从毯子中取出。他小心翼翼地把雕像放在自己身后，靠着中间的长凳，以不妨碍他划船，然后他站起来，把毯子围在尤迪特的肩上。这是这一夜的第二次，他的眼睛很接近她的脸，而这张脸已经失去了所有的被宠爱的迹象，这张脸变成了冻僵的、惨淡的夜晚的脸，一张不安全的脸，在这张脸上，青春仿佛是在梦中挣扎的一只受惊的鸟，胆怯的，如同幽灵般。

　　一刻钟后他们到达了洛神岛。船轻轻地划向沙滩。

少年

他在最后一段航行过程中目不转睛地盯着靠在正在划船的格雷戈尔背上的雕像。他的眼睛在这整段时间里根本无法离开这木头东西。

这是教堂里的一个雕像，少年想，他自从坚信礼之后没有再去过教堂，但他知道，这个雕像是在教堂里的，他还记得那时听儿童礼拜，和在坚信礼受礼后走向祭坛吃圣餐时，曾从它身边走过。就是为了这个，今天神父找克努岑说话，全都是围绕着这个雕像，它必须被偷运出境。但是，为什么雕像要被偷运出教堂，这也太奇怪了。我以后还是要问克努岑，少年想，为什么人们要把一个少年的雕像，他除了读书也不做什么其他事，偷偷地在晚上从海上运走。还有，这男人和这少女是干什么的？他们两个都是乘客吗？好吧，不管了，他想，这雕像是无论如何要带上的，但如果他们也跟着，那么我也一起跟着走。如果他们能出去，那么我也能出去。他尽可能地把小船推上海滩，并用一条绳子把它固定在一个柱子上。

克努岑 § 格雷戈尔 § 尤迪特

将近两点钟的时候，克努岑把"宝丽娜"停在洛神岛靠海一侧的防波堤。他很熟悉这儿的石子堤，这个防波堤在林子的西侧，并向海延伸很大一段，使得宽大的平底帆船从头到尾都停泊在堤上。当他正在用两根绳子将"宝丽娜"固定在石头下时——他避免用锚，为了不引起灯塔上的人的注意——他看见海关警察的摩托艇从泻湖湾开来，朝着北、西北方向。克努岑知道它一直在费马恩和雷里克的泻湖之间巡逻，而这外面危险相对小些，他只要尽可能朝正北方向，朝丹麦的岛屿方向，朝着洛兰岛与法尔斯特岛行驶，在丹麦主权的保护下，他就能去瑞典的海岸，并沿着海岸驶向斯格林。开着像"宝丽娜"这样的船，他下午就能到达斯格林，第二天早上就可以回到雷里克……但这样他就有一天两夜不在家，而且他回去时也没有鱼，那么所有人都会感到惊讶——如果这件事不传开，那他就是太有运气了。比较简单的是，只将这个神像送到法尔斯特岛，克努岑想，但出于某种原因神父要他把它送到瑞典去。克努岑并不知道，他们在丹麦会受到怎样的接待，如果他带着这雕像到那里的话，也许，他想，他们会认为我是一个教堂盗贼。所以我没有其他的选择，我只能将它送到斯格林的修道院院长那里，他肯定知道该怎么办。他妈的，克努岑想，整件事就是他妈的，他突然有了一个想法：我要把这东西扔下船，他想，这是最简单的办法，然后我去捕鳕鱼，明天带着一船鱼回家，回到贝尔塔身边，没有人会问什么问题，我会安静地继续生活。

他爬上防波堤，直到他到达海滩，这是一个在粗卵石间夹杂着沙子的石海滩。小树林在黑暗中直冲上天，克努岑知道，这其实并不是一个森林，而只是由小松树围成的一片林子。灯塔的光有规律地穿过树林，但它并不是只照到树林，而是照到更西面的半岛的海滩上。克努岑挑了个非常好的地方。他坐在一块石头上，掏出烟斗，点燃，但他让自己的身体背对灯塔方向挡住火柴的火苗，等待。

他突然感到很舒坦，他觉得，他不再那么担忧，当他坚定了自己的想法之后，这是一个很简单也很实际的想法，他想，之前我一定是过分紧张而没有想到这个主意。这甚至不是背叛，他思考，因为这个雕像——现在他在脑中已经不再叫它神像——应该被救出去，不让那些人得到，这也会做到，它会在波罗的海静静地沉下去。波罗的海是一个干净的地方。他甚至可以把它下沉的地方做好记号，也许以后，当那些人不再存在的时候，人们可以将这个雕像再捞上来——他必须选一个不太深的地方，以便潜水员能够到达。但是如果还一直有那些人——克努岑已经不能想象没有那些人的世界——那么也无所谓这块木头在世界尽头的某个教堂，还是在海底。克努岑边抽烟边思考着，不再那么忐忑不安，想到要摆脱这件事有多么容易时，他甚至忘记了对格雷戈尔的反感。

他面前的海是暗的。海关的船早已开走，也看不见任何一条渔船上的灯火。风用力将波浪推向海滩，波浪猛烈地撞击海滩并在巨响声中消逝，但克努岑感到风暴将会平息，宁静已经能在每次阵风的间隙中得到稍长时间的呼吸。相反，天空的云层越来越密集。

克努岑听到了一些响动，便站起来，把烟斗塞进口袋并环顾四周。他看见沿着松树林朝他这个方向移动的人影，先是那少年，然后是格雷戈尔，但格雷戈尔身边还有一个女人，没等克努岑感到惊奇，他们已经走近了。

你好，格雷戈尔说，你是可以信赖的。

在他们刚刚到达半岛的另外一边时，他已经将雕像再次裹进毯子里。现在，他把这个包裹递到克努岑眼前。

你拿好这个家伙，他说。把它好好地送到那边去！

克努岑没动。他的眼睛注视着尤迪特。

她是谁？他问。她来这儿干什么？

还有一位乘客，格雷戈尔装作高兴地说。一位犹太少女，他补充说。她必须到那边去。

这样呵，克努岑轻蔑地说，她必须去那边。他转身对少年说：拿上包裹，跟着！我们走。

格雷戈尔跳到渔夫跟前，抓住他的胳膊。

这是不想带上她的意思吗？他问。

克努岑站住并甩掉格雷戈尔的手臂。

是的，动动脑筋，他说，就是这意思。

格雷戈尔走到少年那里，并把包裹交给他。他注意到，少年很当心，几乎是用虔诚的动作接过包裹。随后他又回到克努岑身边。

我要给你多少考虑的时间，他问，直到你想清楚，你会带上这姑娘呢？

她大概是你的女朋友吧？克努岑问。他又感觉到自己对格雷戈尔的怒火。他不知道，这其实是他对党的怒火，而他只是把它发在格雷戈尔身上。对他来说，正是像他这样叛党的人代表着党，而党将他，克努岑，放弃了。

放开他！尤迪特对格雷戈尔说。您不可强迫他！

您请闭嘴！格雷戈尔粗鲁地说。这是我和这个男人之间的事。

不要再演了！克努岑说。你不需要跟你的女孩尊称"您"的。

听着，格雷戈尔说，不管你信或不信，她不是我的女朋友。她是犹太人，他们在追踪她。我认识她才三个小时。我是在那下边的海港遇见她，并把她带上的，在她试图跟瑞典人走之后。

那又能说明什么，克努岑说。三个小时是一段很长的时间。也许你已经看上她了。他也就是这么一说，在这周围一片漆黑的夜晚，他并没有看见格雷戈尔的脸红了。

跟着！他又对少年说了一遍，时间到了。

你这家伙，格雷戈尔说，我们必须帮她。

他察觉，尤迪特已经放弃了。她转过身去，向海滩走了几步。

你也太精心设计了，克努岑说。如果我把这姑娘带上船，那我也没有什么理由不带上你——你是这样想好的吧？

格雷戈尔感觉到他无法说服这个在失望中已经变得固执的渔夫。不过他还是说：我坚决不跟着。我不需要你帮助我逃离。

那么你可以把她带走啊，克努岑说，如果你觉得自己那么厉害！

格雷戈尔把这个想法想了一会儿。也许这将是最好的，他想，但它也是最最危险的。而且我只想一个人生活。我想独自一人离开，我想在外面独自一人，独自一人就像这木头做的家伙，像他一样独自一人读书，我想像他一样孤独地起身，走开，去我想去的地方，当我读了足够的书之后。

如果我带走这女的，克努岑想，那么我的主意就会去见鬼。我可以把这雕像扔到海里，但这姑娘不能。他看见他的船在外面黑暗的水中漂动，而后他想：妈的，我要保住我的船，我要带鱼回家，我要留在贝尔塔身边，并等待那些人消失，党返回的那一天到来。而如果那些人一直在，党却永远不会回来的话，假如我为这不认识的犹太姑娘或教会的一个圣人，把我的生活、我的船、我的贝尔塔置于危险境地，就真的毫无意义了。更不能为这自称格雷戈尔的家伙想出来的、与党没有关系的行动，一个逃兵想出的行动，一个完全私人的行动。

就在克努岑转身要离开的时候，格雷戈尔打了过去。他击中克努岑的前胸，渔民摇晃着后退，好不容易才又站稳。他大吃一惊，好几秒钟后才开始反击。

格雷戈尔给了他时间。他思考过，当他们还在泻湖划船的时候，他慎重地考虑过，他决定使用暴力，如果克努岑拒绝带上女孩的话。他对船一无所知，但他对发动机有所了解，知道要启动发动机并不难，驾驶一艘小船也是简单的。少年肯定会操纵一艘船，他一定是实践过许多次的，因此如果有必要，可以将克努岑打败，让少年和姑娘独自远航。如果少年也不愿合作，那么他，格雷戈尔，将上船迫使少年执行他的命令。

克努岑缓过神来。他的帽子掉了，格雷戈尔看见他的短发和额头上深深的皱纹。

你猪啊，他对格雷戈尔说，你这肮脏的猪！格雷戈尔感觉到克努岑的凶狠。渔夫的手臂是有坚韧的肌肉的，它们像铁链一样绕住格雷戈尔。但格雷戈尔比较年轻，克努岑也只能做到这一步而没有更多的可能。当格雷戈尔冷静地保持住不被卡得太紧时，他看见尤迪特用手捂住了自己的嘴，仿佛她要抑制住自己的尖叫，但他听见她哀求：不要！您不能这样做！

然后，他挣脱禁锢开始出拳。他知道自己是一个很好的拳击手，而且克努岑不会有机会，除了摔跤，因此每一次他都后退一步，如果他没能击中克努岑的话。他在他的眼睛和下巴之间打了几拳，还有一次当克努岑又抓住他时，他则轻轻击中了他的腰部，使克努岑不得不下跪。

来帮我呀！克努岑对少年说。

格雷戈尔等待着，克努岑又喘息着站立起来。夜突然很寂静，尤迪特站在离他们有一段距离的地方，脸埋在她的手臂间，她的大衣闪闪发亮，少年一动不动。他抱着裹着雕像的包裹，看着那两个男人，阴沉的好奇浮动在他肤色浅淡的脸上。

然后格雷戈尔聚集起自己所有的力量，用一个左钩拳将克努岑打倒。克努岑跌倒在石子地上，躺着不动了，鲜血慢慢从鼻子和嘴里流出来。过了一会儿，他才靠一只手臂的支撑，直起上身。

格雷戈尔朝少年走去。怎么样，他问，你能独自驾驶这条船到瑞典去吗？此时他忽然觉得自己把那少年当作了同谋——甚至那少年没有跳到克努岑的身边去，自己都丝毫没感到惊奇。他发现自己正希冀少年会做出否定的回答。也许他会说不，然后他，格雷戈尔，就有一个同行的理由。有了他的帮助，少年就能完成航程。当然，这种假设是错的，少年说：我当然可以独自驾驶"宝丽娜"去那里。我行。

梦破碎了，格雷戈尔想，这是不可实现的。那么你们赶紧走吧，他对少年和尤迪特说。他转向尤迪特，她自从他们开始打架就没有动过地方，现在她盯着克努岑。

别怕，格雷戈尔说，我没有把他打成重伤。你们走后，我会照顾他的。——不过您现在必须离开！他补充说，你们必须在黎明到来之前到达很远的地方，我们已经浪费太多的时间。

尤迪特摇摇头。不，她说，我不能夺走他的船。您的这个想法是行不得的。

克努岑只是隐隐约约地明白事态的发展，他还半麻木着，但这情形还是进入他的意识中，因为他担心自己的帆船。当他把一点血吐在石子上时，突然有一种奇妙的感觉充满他的内心。

你真的不想跟着？他问格雷戈尔。

不，格雷戈尔说，我已经告诉你了。这是一个谎言，他想，我想跟着的。

这样啊，克努岑说。一个想法正在他的大脑中形成，但他还没有把握。于是他只好讲了出来。

那么还是我来开船，他说，姑娘可以跟着。

我的上帝，格雷戈尔想，这个人恨我。从今天下午开始他所做的一切，从他在教堂与我见面后，都是他对我的仇恨的结果。他留下了，他决定带走小修道士，因为他恨我。他让自己陷入到很大的冒险中，以便不给我鄙视他的机会。他要向我表明，他将拿出可以想象的勇气，也同时想向我表示，他决定不会帮我一点点忙。他为什么这样恨我呢？他想。我对他做了什么？他恨过我，但他现在不再恨我了，因为我把这件事推到了顶点。如果我在目标前一米的地方失败了，如果我对少年说，我要同行，那么他到死都会恨我。

这个傲慢的家伙，克努岑想，这该死的傲慢的家伙。这个带有中央委员会的狂妄自大的家伙。而其实他只不过是一个糟糕的小逃兵，一个退缩的小伙子。不过我也退缩。而他还年轻，也许像他这样的年轻人就必须退缩。如果党已经失败，那么年轻人就应该像他一样退缩，而老的人学我。那么我们做今天他逼我做的这样的事情时，最好不与党有关，而只是私人的事情。克努岑眺望着大海的黑暗，望着他看不到的东西，没有光，然后他望着他的船，这条在几分钟后将在没有光的黑暗中承载一个犹太姑娘和一个奇怪的木头人的船。

他艰难地从地上站起来。你可以跟着，如果你愿意，他对格雷戈尔说。

非常感谢，格雷戈尔冷笑道。我不接受你的建议。

他们沉默地对视。然后，克努岑从地上拾起他的帽子，走了。当他从少年身边走过时，怒视了他一眼，但什么也没说。少年跟着他，手臂夹着包裹。

走！格雷戈尔对尤迪特说。是时候了。

她仍然不动，但她用自己的手做了一种无声邀请格雷戈尔一起走的动作。而格雷戈尔却摇了摇头。他向她走去，抓住她的肩膀，并把她往防波堤的方向推。他们的动作像一场哑剧在克努岑的背后上演。

然后格雷戈尔看着这三个人影，他们怎样沿着防波堤保持着平衡，看着他们上了船并解开缆绳。他能辨别出克努岑走进了驾驶室，少年下去了，和尤迪特坐在桅杆边的一卷缆绳上。发动机开始发出突突的响声，这是让人难以忍受的噪音，而且还直冲向仍然在低声吟唱的起风的夜晚，格雷戈尔不由自主地蜷缩蹲下，焦虑地望着灯塔，仿佛是生怕这灯塔能听到响声。但灯塔的光束无动于衷地从东向西走着它自己的轨道，熄灭，然后又重新从东面开始。格雷戈尔确认，克努岑，尽管他已经在很外面了，但还是没有点上船灯，过不多久，他再也无法看清船了。海和夜已成为黑暗时间的一面墙，墙面上只有发动机这只钟越来越轻的滴答声。

格雷戈尔，忽然独自一人，感到了自己的疲惫。他在海滩上找到一个干燥、背风的沙洞，躺了进去。他用双手铲起沙，洒在自己的身上，沙子像一条厚厚的毛毯，这时他感到暖和，如果他不动的话。在海浪单调的声音让他迷迷糊糊睡着之前，他长时间望着天空，而此时的天空看不到任何一颗星星。因为冷，他又醒来。手表指着五点刚过了几分钟。黎明还没有到来，但在这绝对的黑暗中有一点苍白的色彩偷偷闯了进来，灰色的东西出现在黑暗中：雾。格雷戈尔站起来，抖落衣服上的沙。雾并不很大，但即使雾很浓，格雷戈尔还是能从这儿认清灯塔的位置，光束仍然在动，从海这儿开始，经过半岛，然后消失。

　　格雷戈尔知道，他应该往哪个方向去。他沿着海滩往西走。走了半个多小时后，天渐渐亮了，灰色的光蔓延开，雾也散去了。突然，灯塔的光束不见了，而正在蔓延的是均匀、弥漫、清醒的亮，一个阴沉的秋天清晨的曙光。格雷戈尔环顾四周并注意到，他在一片有高高低低干枯的小草丛的砾石地，它与大海中间隔着沙滩。在另一个方向的远处，他能看到铁青色的泻湖正平静地躺着，因为风早已停止。然后，格雷戈尔看见鸟。在砾石地上到处都有浅色的鸟，白色的羽毛或赭色、浅棕色、银灰色的羽毛，偶尔也有黑色羽毛的翅膀闪着金属的光，出现在奶白色和灰色中，桂皮棕色和坚果肉的浅色中，象牙黄和淡淡的茶黄色中，镜子银色和银色的、远方狂野的北方海域中。鸟儿一小群一小群地坐在那里，它们把自己的头插进自己的羽毛睡着。格雷戈尔在鸟群中穿过，在睡觉的野雁、野鸭和海鸥——它们正在迁徙的途中，以及那些留在这儿，要与冬天的风暴抗争的鸟中间穿行。

他走到一条宽的水道，是一种浅滩上的潮路，他现在明白了，为什么克努岑说根本无法在夜间走路到达洛神岛。如果谁对这一带不熟悉的话，他不可能在黑暗中找到他要走的通过潮路和水域的浅滩，格雷戈尔看见浅滩在远处闪闪发光。他看到泻湖的潮路与海连接，并从他这儿向上直通泻湖。他找到一个地方，那里他能看到对岸的路，他脱下鞋子，卷起裤管。当他抬起头时，他看见远方有雷里克的塔。从这儿看过去，它们不再是沉重的红色怪物，而是在晨的灰雾中微小苍白的积木，是在泻湖边的蓝灰色精巧的正方形的木条。

但在东方，在大海和单调的天空之间涌现出了猩红色的线条。这是在一个无色世界上唯一的色彩，在一个只有灰色鹅卵石和睡觉的鸟的世界，在一个只有对黑色的嘴和奇怪的、神秘的木头东西的记忆的世界。当彩霞消失，天将开始下雨，格雷戈尔想，它甚至无法给整个早晨染色。灰色的晨光充满世界，在这清醒的、无色的晨光中每一件东西都没有阴影和颜色，这晨光显示出每一件东西的真实面貌，纯洁而准备时刻接受审视。一切都要重新审视，格雷戈尔思考。当他用他的脚试水时，他感到水冰冷。

少年

少年又坐到驾驶舱内，克努岑从他们开船到现在没有与他说过一句话，但少年并没有想着克努岑，而是很惊讶地坐在那里想：哦，这是一个政治事件。天还没有亮，而且他注意到，克努岑相当谨慎地驾船摸索着穿过禁区。这个女孩是犹太人，少年想，他对犹太人的了解只有学校教他的那些，但他突然明白了，犹太人就好像是黑人，女孩在这船上扮演的角色，好像就是对哈克贝利·芬来说，那个黑人吉姆，她是一个要被救出去的人。少年几乎有点嫉妒了：你必须是黑人或犹太人，这样你就能不管一切地逃跑，他几乎觉得：他们真开心。但突然间他得到一个启发，我要说我是政治家，他想道，如果我们到了那边，到了丹麦或者瑞典，如果你是政治犯，那你不会被送回去，而如果你是一个受不了家庭的少年，那你不许逃跑，但政治家可以。我要告诉他们，我是参与政治的，而且我不能说出我的名字，也许他们就不会反对我在一条他们的货船上当学徒，那么我就可能去美国或桑给巴尔了。

克努岑打发少女下去，因为天亮了，并且他不希望她坐在甲板上，那样可能被人看到，于是她坐到少年旁边。她最多比我大三岁，少年想，他又开始忙他的饵线，过了一会儿，他问：为什么它也要去那边呢？他指着雕像包裹。

天哪，尤迪特想，我该怎样向他解释呢？你仔细看过它吗？她问。

是的，少年答。

他看起来不过就是像一个在读书的人，不是吗？

他只读圣经，少年说。因此它被放在教堂里。

在教堂里，是的，在那里他读圣经。可是你刚才在船上看过它吗？

看过。

他在读一本完全不同的书，你没有发现吗？

什么样的书？

随便哪本书，尤迪特说。他读一切他想要读的书。因为他读一切他想要读的书，所以他必须被关起来。也正是因为这个理由，他必须去一个他能读书的地方，他想要读多少都行。

我也读一切我想要读的书，少年说。

最好不要告诉任何人！尤迪特警告。

少年根本就没有听进她说的话。他说：因此我也要离开。我也想留在那边，然后消失。

不行啊，尤迪特震惊地说，你不会是要把上面的那个男人丢下不管吧。

克努岑？少年问。我又不在乎他，他补充说。

你不能这样做！尤迪特变得激动起来。你想想看，如果他不和你一起回去，那他就等于被告发了。他应该怎样跟他们解释你去了哪里呢？你认为他可以告诉他们，你掉到水里了吗？

少年摇摇头。

如果你不跟着回去，那么他们会知道他到过国外，他们就会逮捕他，尤迪特说。

行啊，少年想，他不过就是个成年人。那样比较好，如果他们逮捕他，比我必须跟着他的渔船干两年半的活好。

他是一个勇敢的人，尤迪特说，你一定要帮他！父亲也是一个勇敢的人，少年想，但没有人帮助他。他曾经是个酗酒的人，他们说他的，也不过就是这些。他们知道的唯一关于我的，只是我是一个男人的儿子，他丢了他的船，因为他喝醉了。我对他们中任何一个人都不需要感恩，那木头做的少年也不考虑别人，他也就想不顾一切逃跑，他不在乎一切他留下的东西，我想像他一样做，少年想，还有：这样的机会绝不会再来。

赫兰德

我的梦总是这样沉闷悲凉，赫兰德发现，当他凌晨四点再一次醒来——这一夜他的睡眠总是很短，每隔几分钟就会醒来。这个梦发生在一家破旧的小旅馆，在顶层的一间墙纸剥落的房间，他住在那里，而当他拉开脏窗帘时，他看见楼下一层住着的一个女人，她只单单用手紧紧抓住阳台的围栏，无声而僵硬地悬挂在街的深渊之上，下面有一群人抬头看着她，像那个要自杀的女人一样悄然无声，但眼神中充满了轻蔑的好奇心。而我的这个梦中最糟糕的是，这事发生在绝对凄凉的空间里，赫兰德想，这旅馆，这房间和这条街都在阴间，但这个梦总是从对里尔的一个旅馆、一个房间、一条街的记忆开始，当年，我被截肢出院后，在他们给我去预备部队报到的命令之前，我在那里住过几个星期，最后我是从那里离开的。里尔的这个旅馆一直萦绕在他的梦中，里尔的凄凉，妓院街，他曾经去过一次，那里前线士兵和后方的猪在房子前排队，但现实并不像不断出现的梦那样凄凉。我有一个反复出现的梦，赫兰德想，而他凌晨四点在他工作间的沙发躺着，首先回来的梦，这住在我这儿的梦，是里尔的旅馆的梦，我那结束了战争的旅馆。之后，继续了被中断的神学研究，与凯瑟琳订婚的一段时间，教区工作，与凯瑟琳短暂的婚姻，月子里她和婴儿的死亡，然后长期的禁欲和长时间的教区工作，仅此而已。我总是在等待着什么，但没有结果。禁欲期间我常常很痛苦，但如果要我说实话，那还是一个人比较好。我没有再遇见过想要与她结婚的女人，因此，独处和有点禁欲的痛苦还是比较好的。更何况我还有教区，有时候我真的被需要，不仅是在奄奄一息的人的床边，我的布道也不差，甚至晚上在汉堡花园玩斯卡特[1]、在喝红葡萄酒的聚会上的我也是不错的，总的来说我是一个没有被禁欲摧毁的男人。突然，他发现自己是用过去时态在想着。

他想起来自己也曾做过其他反复出现的梦——梦见

---

1 斯卡特：一种纸牌游戏。——译者注

在挪威的一个秋千。他坐在一个很大的秋千上，一个挂在云间的峡湾上的秋千，他向上望着高山和大海组成的深色的风景，向下看着峡湾，秋千开始来回摆动，来来回回，来来回回。这个梦并不是来自现实生活，神父从来没有去过挪威，也许这个梦是从一个愿望中蹦出来的，因为他一直想要去挪威旅游，但由于种种原因这旅游计划一直没有实现，因此他已经被判决只能在梦中的挪威荡秋千。这个梦与里尔的梦的唯一联系是，它也是那么凄惨，就像那自杀的女人沉睡的脸。秋千也摆荡在一个阴间的挪威。这常常出现的梦，赫兰德想，是我对神的强烈信念，因为当我每次从这梦境中醒来，还在半睡半醒中我首先想到：我住在一个必须被救赎的世界。有一次他用几个月的时间研究弗洛伊德的著作，想要找到对自己的梦的解释，然后他发现，这个他敬佩和喜欢的男人，实际上解决了在灵魂心房中的秘密：赫兰德的梦是被压抑的性欲、爱与死的图像的象征。但是，弗洛伊德并没有给出他的梦的意境的解释，因为梦的场景并没有比梦的意境重要，这个意境将他关到了一个荒凉、肮脏、黄昏、寒冷和绝望的世界，甚至最后到了一个可怕的空虚，乃至在梦中产生一个想法：如果有地狱，那么这就是地狱。地狱，不是一个热和火的空间，一个人在其中燃烧的空间——地狱是一个空间，人在那里感到寒冷，地狱是绝对的空虚。地狱是一个空间，那里没有上帝。

黑暗中，赫兰德躺在他工作间的沙发上，他想：我不想下地狱。他的残腿现在几乎不再痛了，自从他把假肢取下并在沙发上躺着，他感觉到略微麻木发胀，这是可以忍受的。他慢慢地，几乎一厘米一厘米地把自己从教堂挪到对面的寓所，女管家从她的房间紧张地跑到走廊并问他，需不需要她帮忙，但他拒绝了并独自走上楼，在楼上他还听见她在下面嘟嘟囔囔，然后安静下来，已经很晚了，大概一点钟，于是他决定穿着衣服等待黎明。只是他取下了假肢，然后他想：我不会再装上它。

药片，他刚吃的，让他又进入睡眠，等他从这次的睡眠中醒来，天已经亮了。他看了看钟：时针指向六点。光线还是昏暗和灰色的，窗外格奥根教堂侧廊的外墙是像一面工厂的围墙那样肮脏的红色。神父抓住准备着的旧拐杖，直起身子，撑在拐杖的中间横杆上，并把支撑软垫搁在腋下。然后，他挥动两次拐杖才走到窗口。他往外看去，只看见自行车还靠在教区办公室的墙上。在他等待的时候，他觉得，药片的作用在减退，伤口的疼痛在加剧，因为假肢没有压住伤口，因此疼痛是开放和灼热的。

过了一会儿，他看见那个自称格雷戈尔的男人，沿着房子走来。这个年轻人的动作非常不显眼，赫兰德想，假如我不知道他的用意的话，我不会注意到他，即使是在这样一个小城市，这里的每个人都关心着别人，而且一个新来的人会被一千只眼睛记录。这个人不是新来的，他是一个消瘦的、穿着灰色普通工作服，裤子上有自行车裤管夹的不起眼的人，一个邮局送信的临时帮手或一个一早就必须出门的水暖工的儿子，我们这时代的信使和儿子就是这样的，救赎的信使和思想的儿子：你无法分辨他们。你不能认出他们，除非在他们的行动中。他们没有什么个性，赫兰德想，但他们有做正确事情的志向，他们并不引起人们的注意。他们不再相信一切，这个年轻人不再相信他的党，他也永远不会相信教会，但他会一直努力做正确的事，而且因为他什么都不相信了，他就会在完成了工作之后，很快不引人注目地离开。但什么驱使他做正确的事呢？神父问自己，他给自己一个答案：空虚驱使他，意识到自己生活在一个空虚中，以及无情地反抗空虚，冰冷的空虚。愤怒的企图，至少短暂地制止那些人制造的空虚。

而我，赫兰德想，我不会逃跑。某种疯狂的固执让我仍然相信上帝，那在檀香山或猎户座的上帝，我相信在远方的上帝，但我不信空虚，这是我的个性，他轻蔑地想，因此我会被关注，而因为我被注意到，因为我与他人的不同，因此那些人会抓到我。我们是有区别的，那个自称格雷戈尔的人和我：他被判给空虚，而我被判给死亡。

他看见格雷戈尔取了他的自行车，并从神父寓所前的人行道上把它推下去。这时他看到年轻人抬头望着窗子，于是他让自己靠近窗子，以便格雷戈尔可以看到，他站在窗子后面，等待着消息。消息传来：格雷戈尔看看四周以确认在这个小广场上是否还有行人，但广场是空的，神父看见格雷戈尔愉快地笑着，用右手画了一条横线，这是一个表示成功和胜利的动作，就像人们在定下一笔数额前先画下的一条线。

神父笑了，他的左手放下拐杖并举高形成一个角度，但这时格雷戈尔已经跨上他的自行车，骑车走了，他没有再回头，赫兰德看见他几秒钟后拐到格奥根教堂的侧廊后面去了。他走了，永远不会回来了。笑在赫兰德的脸上僵持着，他想着：就剩我独自一人了。一时间他记起来，雕像已经被救出去了，他再也见不到他那小小的神弟子了，他也隐约想起那个只见过一面而印象不深的犹太姑娘，但他想起这些的时候，似乎那是很遥远的记忆，而这记忆在他突如其来的恐惧前几乎消失。他察觉自己其实很希望格雷戈尔还在附近，甚至至少能看到那些人来抓他。

他拄着拐杖走到他的办公桌前，打开右边的抽屉，取出枪。这是他从一个叔叔那里得到的遗产，一把古老美丽、有精细雕刻的枪壳和象牙柄的手枪。赫兰德拉开保险，并转了一下可以装六颗子弹的弹仓，里面还压着三颗子弹。他一直喜欢听弹仓旋转时的轻轻的咔嚓声。他曾经在练习场试过开枪，为了感觉子弹射出时强大的反冲力，但开过几枪之后，他把它放进了办公桌，感到一点遗憾——一个神父没有使用枪的可能性。但有时他会用蓝色的擦枪油养护它，而且他从来没有扔掉子弹盒。

他停顿片刻，随即机械地拿起盒子并把弹仓填满。难道是已经决定了？他想。我不需要考虑是否一颗子弹就足够了吗？没有其他的决定：一颗子弹给我，或六颗给那些人吗？我拒绝接受酷刑，绝不忍受鞭子和橡胶软管的折磨，也许我能忍受折磨，虽然几乎是不可能的，因为带着这腿上的伤，但我不能忍受的是想到折磨，我是一个傲慢的老人，而我之所以无法忍受酷刑，是因为这是在我生命的尽头对我人格的摧残。他们会像砍干柴那样对我。但是，我必须在我被杀之前先杀人吗？而如果我已经决定接受死亡和不接受折磨——那么我的死还不够吗？对那位汉堡的老妇来说，她的死足够了。这难道是上帝的意志，我光有一死还不够，我有强烈欲望，在他人杀我之前先杀人吗？

神父知道，上帝在远方。上帝虽然阻止了我，他想，昨天打电话要救护车，使我逃过一劫，但那是他不经意的动作，他的不可测的不顾一切的行为把我，赫兰德，推向更深的不幸。上帝有时会轻蔑地证明，他还在，但他并不帮助他的子民。如果他帮助他的子民，赫兰德想，那他不会让那些人得胜。上帝不是赞美诗的堡垒，上帝是一个游戏者，他把国土交给了那些人，如果他高兴，而且，也许他还会听从情绪，某一天突发奇想，把子民扔给张开的手。

赫兰德意识到，自己正在反抗上帝。他清楚地知道自己想杀戮，因为他对上帝的气愤。自杀并不是对无法理解的上帝的回答。当神父还犹犹豫豫地把枪拿在手中时，他明白了，人必须惩罚并不帮助他的子民的上帝。你不应该杀戮，远处的上帝传来命令。但甚至摩西也没有遵守过这条诫命。摩西是脾气暴躁的，跟我一样，赫兰德想，被摩西的愤怒和旧的萨满[1]信仰附体，他想：我将杀戮，为了惩罚上帝。

当他把子弹推进弹仓时，听到了汽车的声音。他再次挥动拐杖来到窗口，但这次行动有些缓慢，因为他的右手既要抓紧拐杖的横杆，又要握住枪，而且腿的疼痛火一般燃烧着全身，但他还是能看见一辆大的黑色轿车停在了教堂的侧门前。它停下了，但马达仍在转，车上下来四个人，不过司机还坐在车里，他们中的两个人穿着黑色制服和高筒靴，而另外两人着便装，他们都穿着黑色双排扣大衣，戴着帽子。恶人，神父想。恶人就是这个样子的：制服里面裹着一堆肉，帽子底下像一团面的脸。

---

1 萨满：即萨满教，一种主要分布于亚洲北部和欧洲北部的原始宗教。——译者注

这一幕正如他想象了几百次那样发生了，因为他已经预料到，所以教堂的门是开着的：他今晚没有锁门，使他们可以很容易地进入，并确认读书的修道院学生已经走了，因为他知道，他们不会想要与他，一个神父，商量什么，他们是如此大胆而又懦弱，他们是在凌晨来的，坐在悄没声儿的轿车里，他们害怕而回避争执，不敢面对白天，他们悄无声息地来，并想低声地默默实施逮捕，他们自己没有语言，他们没有比憎恨被捕的人的语言更憎恨别的什么。他们仇恨语言的原因是，他们自己的沉默不能找到其他救赎的方式，而只能在被体罚折磨的人的叫喊中。这群无声恶人在轿车和酷刑凳子间过着忧郁艰难的日子。

神父观察着他们如何走进教堂，他们在里面待了一会儿。然后，又走出来，围站在一起，相互商量着，其中一个人指着神父寓所。赫兰德一直与窗户保持着一定的距离，使得他们根本不可能看到他。他们开始走了过来，等他知道他们会在几秒钟内进入房子，他才背靠到窗。他等待着他们。他听到他们按铃和敲门。赫兰德把右边的拐杖靠到墙上，自己撑在窗台和左腋下的拐杖上。下面，从睡梦中被叫醒的女管家开了门，神父听到短暂和冲撞的对话，然后他听到这几个恶人上楼来。他靠紧窗，现在对他来说这已经不再是窗，而是教堂侧廊的墙，格奥根教堂的巨大的红色砖墙，然后他慢慢地举起了枪，教堂的墙在背后。

然后，今天夜晚的梦又一次出现，里尔旅馆的房间和自杀的女人，这极其荒谬和绝对凄惨的梦，突然神父明白了为什么他要决定射击。他已经决定要射击，因为来自他的左轮手枪的排射能够冲破固执和凄凉的世界。在这不到一秒的时间里，在他的枪发出的火力中，世界将会栩栩如生。我是愚蠢的，神父想，我以为我开枪是为惩罚上帝。上帝让我开枪，因为他热爱生命。

第一个进来的是穿便衣的人。赫兰德立即向他开枪。他像个大娃娃一样往后摔倒，帽子掉了下来并慢慢地滚到房间内。他穿着黑色双排扣大衣，躺在门槛上。第二个，应该是跟着他的另外一个穿制服的人，猛然一个跳跃而后撤，赫兰德听到震惊的叫喊，然后是女管家，她也开始大喊大叫起来。他十分平静地等待着再度开枪。他现在想的是，要为那些在海上失踪的渔民们，在教堂里挂上有名字的碑，在教堂挂上碑，上面写着他们的名字，名字下写着：穿着靴子死去。如果他们为我也挂这样的碑，他想，他几乎是面带微笑地许愿，那么他们必须写：赫兰德神父——穿着他的一只靴子死去。

天哪，他突然想起，圣经！现在，它必须出现的吧，在我的教堂墙上的圣经。圣经，这是我一生都在等待的。他转过身，望着墙壁，当他读圣经的时候，他几乎没有感觉到子弹射进了他的身体，当微小的烈火在他的身体内燃烧，他只是想，我是活着的。火烧遍了他的全身。

少年

　　整个下午他们都在斯科讷的海岸边航行，向东，克努岑早就已经允许少女回到甲板上了，因为他们已经成功地脱离了危险。少年注意到，克努岑并没有靠到他们经过的小港，他知道克努岑不愿冒险，否则他必须去海关登记。四五点钟的时候，克努岑靠近一座木板小桥，这是属于一栋房子的，而这房子的门窗都紧闭着，除此之外只看见松树林和几块灰色岩石。少年跳到木桥上并停好船，克努岑却告诉他应该留在船上，他对少女说，他们已经离斯格林很近，他会与她一起去找那条街，然后她必须一个人把雕像送到斯格林的修道院院长那里。他与姑娘走了，当一切都非常安静时，少年偷偷地跑了。

　　走了一会儿后，他想，森林很美。他从来没有见过这样的森林。大树下是灰色的岩石和倒下的树木，低处还有小溪和小池塘，有时还能看见沼泽草甸和小道，他只碰到一条路，然后他想，这一定是去斯格林的路。路的另一边还是森林，少年的感觉是，他能在这片森林走上几天。我离开了，他想。然后，他来到一个银灰色的大湖前，他正在思考着，应该向左还是向右绕湖走，这时他发现一间小木屋，一间木房子，前面还有一条船。他走到房子跟前，并试图推门，门是开着的。真是的，他想，这样的一个国家，在这里他们都可以把门就这样敞开着。他环顾四周，小屋的一处储存着皮毛，还有壁炉，架子上放着盘子、平底锅和汤锅。这些东西都很长时间没有使用过了。

他又走出来，解开船，小心地在湖面上晃悠。他抛出诱饵线，两三分钟后，就有两条大的欧洲鲢鱼上钩。鱼是褐色和银色的，它们看上去比海鱼更新鲜、更嫩，少年想，如果没有人来的话，我可以先在这儿停留相当长的时间。他把船划回来，走进木屋，里面甚至还有柴火，他在壁炉里生了火，并放一大锅水在上面，水开了，他把除去了内脏的鱼放进水中煮着。

鱼没有味道，因为他没有盐。这时间外面己经一片昏暗，他洗干净大锅，熄了火，然后坐在木屋前想着：我出来了，一切都很顺利，我到瑞典了，我就在这儿住几天，然后我去随便什么地方，并登记，说我是个政治犯。然后继续，可能去美国和密西西比河或桑给巴尔和印度洋。

这里一片宁静，偶尔一两次他听到一条鱼在跳跃，而他并不觉得累，于是他决定回去看看克努岑是否已经把船开走了。只有当克努岑离开了，他想，我才是真的自由了。回去的路他很容易就找到了，他再次走在死气沉沉的街上，树干之间弥漫着昏灰的光，没有任何其他东西。他透过森林看见隐约的木屋和海，他走到灌木丛和一块礁石的后面，逐渐地靠近海并望过去。木桥在黑色的水面上像一条灰色的线。少年看到渔船还静静地躺在那里。再远一点的地方，大海是蓝色的，深蓝色的，透着寒冷，在灰色、单调、没有星星的天空下。渔船几乎没动，它是黑色的，并沉默地等待着。少年可以看到克努岑在甲板上，他坐在水桶上抽着烟。

少年踏上木桥，慢吞吞地走向船，他不再回头看森林，仿佛什么也没有发生。